運河一抹霞

章侠

陕西新华出版
太白文艺出版社·西安

行走在运河岸边,世间繁杂,都随水流东逝。留下的,是永驻心底的那抹洒落在运河上的霞晖。

运河一抹霞（自序）

年轻时，最羡慕那些外出闯天下的同学、朋友，总认为美好的人生定是诗和远方。

而我从出生、上学、工作直至退休，命运却一直让我行走在运河边的小城——清江浦。

外婆家的老屋就紧挨着运河北岸。前后两进院的二层小楼，为南来北往的客人做着代买代卖的生意，依着繁忙的运河，过着还算殷实的生活。

我就出生在这老屋里，妈妈说我出生的那天，朝霞落满运河，美极了，即给我取名"霞"。出生的第二年，城市建设要修河北路（现为漕运路），拆去了老屋。其实对老屋，我是没有印象的，所有记忆都来自妈妈平时的念叨。她还告诉我，我的衣胞就埋在老屋的墙脚下，这句话成了伴我一生的念想。每每走在漕运路上，我都会想，我的衣胞会在地下的哪儿？

可我天资少聪慧，直到上小学还不会写名字中那么多笔画的"霞"字。记得那时考试的第一项是听写生字，每个字读三遍，往往老师字已读完，我名字还没写好。父母无奈，只得在同音字里找个笔画少一些的"侠"来代替。我当教师后，这一段过往，倒成了我教育学生的生动素材。每次新学年的第一课，我都会给学生讲起，最后问大家，你们有谁上一

清江浦夜景

年级还不会写自己名字的？没有。像老师这样天资不如你们，都能读完数学本科，大家对学好数学有信心吗？回答即是一片牛气冲天的"有"！立刻与学生拉近了距离，也让我的数学课成了学生们爱学的一门课。

　　光阴荏苒，流年似水。转瞬，在清江浦我已度过了六十六个春秋。也让我对运河，对这座小城产生了深深的依恋与无限的热爱。蓦然回首，忽然明白，其实期待已久的诗和远方，原来就蕴藏在这运河边的静好岁月里。

　　运河水、清江浦，岁月印记里留下的满满都是美好与感动。我将这些用文字记录，并融入我喜爱的摄影图片、书法作品等多种形式，期望让文字更加形象立体、丰富多彩。

　　曾驾车去西藏，一路被西藏上空变幻无穷的云感动着，动情地写道：若有来生，我愿是西藏上空的一片云。那么在今世，在当下，我知道，我的日子在运河里，期望在运河里，诗和远方都在运河里……

　　我愿为运河里的一抹霞晖，能给清清的运河水增一缕色彩，添几丝温情，此生足矣。

目录

第一章　岁月清浅

笔意墨趣中的幸福　2
繁华落尽忆流年——都天庙街 22 号大院记忆　6
当时只道是寻常　10
明月前身亦此身　16
曾是钵池小知青　21
青春的新模样　25
七夕亦作鹊桥仙　29
六十岁的幸福从能坐开始　32
一枝香雪系春心——丁酉大寒记录　34
心盛阳春满满欢　38
天九今时又启航　41
我也追星狂一回　44
2019，我乘双桅船启程——元旦日记　48
识得人生小工始　51
一抹青花醉荷塘　55
陶然其中手余香　58
阅读需要仪式感　62

第二章　灯火可亲

妈妈的诗与远方　68
鼓声常在梦中寻　74

1

我是外婆带大的	79
平凡的外公	82
小楷换得麦饼香	85
一花一天堂	87
总惹忆无休	90
盈盈笑语绕晴空	95
巧合缘自情切切	98
云雾中秋半卷帘	103
感动，久久不能平复	106
时髦光影九秩春	111
遇见余秀华	114
我乐代石言	116
同为将进酒，异代大不同	122

第三章　笔记春秋

朝鱼始出清江浦	128
时光流淌驻祠堂	131
戏服千千美，数她最独特	135
回家真好	139
满纸梅开溢深情	143
八十岁的小学生	146
致敬隆云	150
五味书院遥想	155
诗书影印皆风流	158
巴金灵堂的那只狗	161

抚铭温史忆建碑	163
经不起等待	166
老厂区的艺术范	170
北门桥上四节课	174
微斯人，吾谁与归——写在"百花百年庆祝建党百年诗书画印四人展"开展之际	182

第四章　远行自在

我愿是西藏上空的一片云	192
多彩的延安	197
清江壮歌唱利川	203
仁者乐山，茅山可乐也	209
杂技之乡有姜糖	214
到云南，先去博物馆	219
站在北回归线上	225
北欧自由行图记八篇	229

跋	276

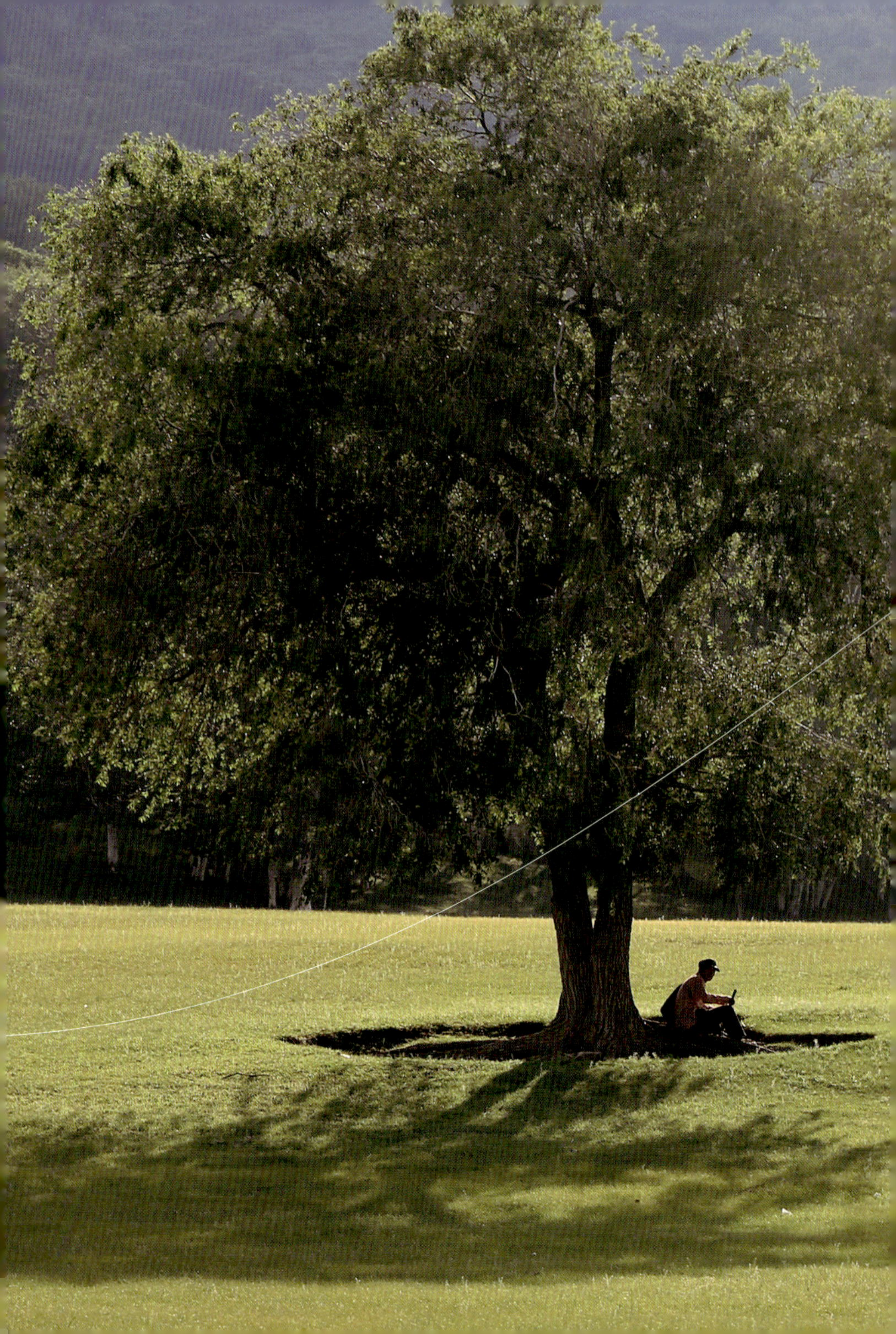

一 岁月清浅

经历时,只是匆忙,「以物喜,以己悲」。站在年华的路口,看着运河水送走的光阴,方才发现,世上的美好,都藏匿在日常的细微处。

笔意墨趣中的幸福

那一年爱上了小楷。

开始是喜欢那种氛围,在窗明几净的案头,泡一壶茶,濡墨、拣笔,凝神聚意一点一画,一字一行。"言不出口,气不盈息",徐徐书来。茶香缭绕,淡墨斜行带给我的是无限的温馨和愉悦。

继而,是爱上了书写小楷时那种心无旁骛的单纯……

朋友说,你这爱好已落伍,现在是网络社会,连钢笔书写也快被键盘所替代,谁还关注毛笔书写?就是专业书家,也很少人写小楷了,费时费力费精神,还不讨好。你看各种书画大展中有几幅是小楷作品,没有视觉冲击力,现代人可能连看的耐心也没有了,何苦为之?似乎有点道理,可我思来想去,却得出书写小楷的诸多妙处:

首先是阵势小。不占地,不张扬,一米见方的桌面足可。而且悄声无息,不像卡拉OK,弄不好就扰民。也不像下棋、打球须找伴。"书者,如也",自写自乐。"邻院酒酣拳令忙,吾自独享翰墨香"。

其次是成本低。一张纸、几许墨,够写半天,绝不会出现像草书那

小楷作品《白云雅筑小记》

小楷作品《春江花月夜》

种"须臾扫尽数千张"的高消耗，再加上小楷含墨少，不用担心墨会渗透纸背染脏桌面，连垫毡都省了。实属平民的艺术享受。

三是用时活。工作闲时，几分钟、十几分钟，提笔即可写几个字。时短可书唐诗绝句宋词小令，时长可抄汉大赋元套曲，兴之所至，随心所欲。

这第四点是感觉坚持书写小楷，还具有保健功效。因为写小楷要求坐姿端正、含胸拔背、呼吸均匀、舌抵上颚、自然生津咽津，与气功有着同样的效果，有助于延年益寿。像张充和先生到九十岁仍眼不花、手不颤地写一手漂亮的小楷，董桥盛赞其小楷"漂亮得可以下酒"，你说，这是一种多美的境界啊！

还有，小楷作品总是与美文相伴，在古时，读书人作诗文、考功名、抄经书，乃至日常书信交往，使用频率最高的就是小楷。一手工整的小楷可是读书人的脸面，也正因为如此，古人给我们留下了大量的诗词歌赋小楷精品。临帖的同时，又提高了自身的文学修养，一举两得。多好啊！

更可贵的是书写小楷，可以静心养性。因为对于小楷，执笔的微小差别，都会出现截然不同的效果，所以要保持其工整、精确、规正，非澄神静虑而不能为。可见，练字即练心。在那一笔一画、一撇一捺中，练就了特有的审美与淡定，长此以往，自身的躁气、粗浮都会在潜移默化中得到修正，养成宠辱不惊的开阔心境。有人说，在书法的王国里，小楷是最能净化人的心灵的一种书体，我看这话说的一点也不过分。

工作顺畅，心情愉悦时，我喜欢书写小楷，铺纸书来：采菊东篱下、春江花月夜……让快乐的心境伴随笔墨一并飞扬。

偶尔情绪低落时，也展纸书写小楷。恭恭敬敬地抄写经书，让浮躁的心，随着笔走龙蛇趋于平和，升华至一种恬静、从容和安然。

书写小楷

其实,释放情感的方式有时就是如此简单,一纸、一墨、一笔足矣。

一书家对我说:"修习小楷的人是值得敬重的。"我真的有点受宠若惊,问其原因,曰:"小楷一道,集功性于一体,熔精情于一炉,非纯粹雅正不能也。"当今能在喧嚣的社会中保持平和,在众多的诱惑面前坚守传统,在错综复杂的各种圈子里具有神怡务闲的情致,这样的人不值得尊敬吗?是啊,其实这也正是我内心一直所向往、所追求的。

现在,小楷已融入我的生活,读帖、临帖、写诗、抄经。提笔忘忧,落笔心安。我幸福地享受着她带给我的那份特有的笔意墨趣。

我庆幸,人生有小楷相伴,让我多了一份坦然、一份超脱、一份优雅,生活在城市的一片喧嚣中,亦觉安然。

繁华落尽忆流年
——都天庙街22号大院记忆

人生百年，当你回首时会感慨：一切恍如转瞬。事实上，人生有太多的节点，每一个节点都会在自己的记忆墙上留驻一笔。都天庙街22号大院，留有我记忆中最暖心的色彩。

1970年，我上小学五年级，父亲从一中调至二中教书，我们一家随之搬进二中教师宿舍，都天庙街22号大院。说是大院，其实不大，只因挤了十几户人家，我们还是随大家叫它大院。大院门朝街，除了沿街一普通木门，四周都是平房，中间还有一座明清时代的老屋，据说是当时乡试的考场。青砖小瓦，屋四周还有四根大圆木柱，进门就闻到那古木特有的香味，宽大幽静。老屋比四周平房要高出一截，很突出，是大院里最豪华的房子，住着卜姓的校长一家。老屋自然地将大院分成前后院，屋后一口水井，大院人家吃水用水都于此，这里也便成了大院最热闹的地方。人们淘米洗菜，洗衣冲刷，互助与谦让，哗哗的水里流淌着浓浓的邻里情。

我们家分得刚进大院左边的两间平房。三十来平方米吧，我们几个女孩挤在一张床上，大哥是男孩，实在没办法，父亲只好老着脸皮找领导，要了两间老屋边的小坯房，一间做厨房，一间给大哥做卧室，大哥便拥有了自己的独立空间，我们几个女孩对哥的那种羡慕啊，真是无法言表。

都天庙街22号

大院门临街，街对面就是都天庙，那时已是淮阴县（今淮阴区）检察院办公用房。那间主大殿即为接待大厅，真想象不出当年它的非凡热闹。

都天庙街巷道纵深，且弯弯曲曲，因而成了我们天然的游乐场，尤其适合捉迷藏，十个八个朝巷道里一钻，犹如雨点洒进大海，转眼就没了踪迹，寻起来真是难。

夏天，晚饭刚吃过，大院的孩子们就忙着将席子卷起，跑过都天庙前巷，冲进二中后门，到操场抢块平坦地，铺席乘凉。躺在凉席上，天空的星，耳边的风，偶尔闪过的萤火虫，都是快乐之源。当然最幸福的莫过于听老爸吟诗、讲故事，诗句如歌婉转，好听好记；故事更是鲜活，什么吴棠与慈禧的故事，三尺巷的故事……一个个人物从老爸嘴里蹦出来，仿佛就站在我们面前。故事给夏夜增添了乐趣，也为我们的人生开启了航程。至今都记得"万里长城今犹在，不见当年秦始皇"。这么多年无论遇到什么，我们兄妹都能宠辱不惊，以"闲看庭前花"的姿态面对生活，大概就源于老爸的这些故事的启蒙吧。

每年一到冬季，老爸便开始带领我们几个孩子长跑。清晨6点就将我们吆喝起，平时跑小圈，出都天庙街沿淮海南路向北，过水门桥向东，转过大闸口从东大街回，一圈约四十分钟。周日跑大圈，从北门桥过运河，过大闸口再回。爸在前领着，后面跟着几个小尾巴，我们还不时跟着他喊着："一二三四！"现在想想，那绝对是都天庙街的一道风景。这也养成了我们早起的习惯，老爸常自豪地说，章家没有迟起的人。

几年后，为改善居住条件，学校拆去了院子中央的老屋，改建成一排四间的新瓦房，我家有幸分到两间，屋对面又盖了间小厨房，居住条件改善了许多。

再后来，老屋后的水井也被废了，换成了方便的自来水。这时的大院，几乎一点旧时的痕迹都没了。我心里也随之多了分失落，总觉得大院缺了点什么。

说来奇怪，不知是当年状元的地气还在，还是街对面的都天大老爷保佑，1977年恢复高考后，我们大院的孩子基本上都考上了大学。这在当时，也算是美谈了。

每年暑假，随着教师的流动，大院的住家也像走马灯似的一拨换一拨，就我们家成了大院里的老住户。

1983年我成家了，先生是外地人，爸妈毫不犹豫将两间平房给我们做新房，自己却到仁和巷租间小屋栖身。每想到此，我都感到无比的温暖与对二老无限的愧意。

后来，我的孩子也在这大院里出生、成长，也与院里一批小伙伴一起，从大院走进了大学。前前后后，从这大院里走出几十个大学生。还有人称其为"状元大院"。

为了追求更为舒适的居住条件，我们都陆续搬出了大院，现在大院已成为标准的大杂院，基本上都是些在东西大街做生意的外地人短住或堆放货物，房屋也在逐渐破落，再无往日的勃勃生气。

老屋旧照

　　繁华落尽忆流年。走进大院，站在老屋门前，曾经的一幕幕便如电影般清晰如昨，就像看着我儿时的照片，有种莫名的感动，有种超越时空的温暖和幸福。我知道这种情感温度，还会伴着我的生命不断地升温，亦如我心间的一颗朱砂痣，鲜艳且暖暖的。

当时只道是寻常

> 手记：随着年龄的增长，极易触景生情。每年8月，看着又一拨孩子结束了自己的中学生活，那种欢快劲，总会让我想起自己的中学生活。也总会安慰自己，不去多想，活在当下。今年却没忍住，从几近模糊的记忆里，拎出我的中学时光，拍拍上面沉积的灰尘，却发现，那是一段多么纯真质朴、无忧无虑、不折不扣的快乐时光。

20世纪70年代初，我们家住都天庙街22号大院。那时候，就近入学，到上中学时候，顺其自然，即到离家最近的清江市第二中学就读。初中，赶上学制的变化，新学年由暑假后改为寒假后，上了两年半。高中新学年又赶上"寒改暑"，又上了两年半。

初中时我们的班级是仿部队编制，记得学俄语的四个班是四连，学英语的班级是五连。我们班级叫"四连三排"，班主任是钱中选老师，一个认真负责、做事有板有眼的好老师。到高中时，即恢复了正常，我们班是高一（1）班，这可是二中历史上第一届高中。五十个同学，是从四个俄语班选出的。当时也没有升学考试，根据什么选的呢？忘了。

这五年的中学生活，现在回忆起来，应是我人生中最轻松、最快乐的时光。

首先，学习上没有升学压力，上大学是要在工农兵中推荐的。与中学学习成绩几乎无关。家长们大都忙于生计，很少有时间关注我们的学习，一天六节课，作业课内完成，没有什么家庭作业，即便如此，学工、学农等校外课堂还会占去近一半的时间。考试呢，一般是老师怎么教就怎么考。大都是开卷，可以随便翻书，物理、化学等学科，是分小组讨论怎么答题。结果可想而知，一般是皆大欢喜，大多数同学都能得个优良的等第。这样，班里很少有近视眼，在我记忆中，只有两个同学戴眼镜，我们都笑话他俩是"假秀才"。

我们有大把的时间玩耍，只是可玩的东西太少了。学校就两张水泥乒乓球台，下课铃刚响，要打冲锋，才能占到位。一般女同学是别想"上台"的，我仗着学校离家近，大都是中午或者天快黑时，其他同学都忙着回家，有空当了，赶紧上去玩玩。就这样，也"玩"成了学校乒乓球队的主力哦！其实，这不算什么，二中当时的篮球队可是全市有名的，特别是女子篮球队，那绝对是杠杠的。教练兼领队是贾老师，他对乒乓球的训练是顺带的。当然，这不妨碍我对乒乓球的爱好，且这爱好，一直伴随着我，让我受益多多。

记得教我们"农业基础"（就是现在的生物课）的潘铸华老师，一次讲牛的反刍，问大家，有谁吃过牛胃？无一应答。又问，有谁吃过牛板肚？大多数同学都举起了手。潘老师笑着说，吃过了，还不知它的大名与小名。说实话，自那堂课后，我才知平时说的牛板肚就是牛胃。五年的各类课程，老师讲的其他都忘光了，只记得这牛板肚就是牛胃了。当然还有那和谐热闹的课堂氛围——你说，要搁现在，我可能连初中也毕业不了呀。

这种教学双方都无压力的环境下，老师与学生的关系那可是一级棒的，老师对学生的关心，学生对老师的尊重，都是那么纯真质朴。记得高二时，我们的班主任黄建中老师要调回无锡了，大家那种发自内心的不舍，让我们与老师间的联系继续保持了几十年，2015 年，我们毕业四十年同学聚会时，他特从无锡赶来参加。2018 年，我们同学又赶到无锡，祝贺老师的八十大寿。并且，随着年龄的增长，我们都更加珍惜这种师生情。

有次学工,工种自选。我们几个同学跟着一个布置橱窗的木工师傅学木工。半个月,给留的作业是每人独立做个木盒。我从绘图、开板到成型,做了个文具盒,倒也像模像样的,搬了几次家都没舍得扔,直到现在还珍藏着,里面存放着我当时想学刻章而留下的几把刻刀。现在回忆起来,也算是我对学艺初心的一点念想了。

高二那年学农,全班同学来到城南公社兴庄大队的"农村分校",住了一个月,干了一个月的农活。某一天我们收工回屋,看见屋梁上吊着个人,吓了一大跳,仔细一看是一个同学在吊环健身,大伙儿一阵哄笑。

结束时要搞一场汇报演出。几位男同学将农村生活编成相声。女生当然不示弱,你一言我一语,将铲猪粪劳动编成了一首叫《生产队来的饲养员》的诗:

> 生产队来了饲养员,
> 农村分校女青年。
> 满怀革命豪情,
> 赤脚进猪圈里。
> 把乌黑锃亮的猪粪,
> 一锹一锹铲到粪桶里。
> 你看她们呀,黑里透红呀,
> 脸上挂满汗珠……

班里一个女同学还给它谱了曲,成了女声合唱,也挺像一回事的,优美的旋律,清纯的歌声,成为我们青春的美好记忆。

2015年,毕业四十年同学聚会时,女生们唱起了这支属于我们学生时代的歌。几乎不需要排练,熟悉透了的词曲,直接将大家拉回到四十年前的学生时代。

走出校门，学工学农，我们在劳作中，学会了合作，也学会了务实，懂得了生活的不易，懂得了肯吃苦，是做好工作的基础。这些点点滴滴的无形收获，滋养着我一生的学习与工作。

那时学校大门，朝着都天庙前巷，东墙边就是校图书室。带廊檐的三间房，左边那间是贮藏室，里面有许多苏联的小说，我们几个同学会经常爬窗子进去找书看，像《钢铁是怎样炼成的》《静静的顿河》《这里的黎明静悄悄》都是那时囫囵吞枣看完的。好在外语学的是俄语，那些长长的俄国人名字不仅不累赘，在我们读起来，还感觉特优雅。

每天两节课后，出学校门沿都天庙街，穿过进彩巷，过了东大街，就到工人文化宫了。那时文化宫各种文化活动丰富多彩，有音乐、美术、唱歌、舞蹈等各种学习班。记得谢国璋老师在文化宫讲如何写美术字，我们几个同学就跟着他学写美术字，什么黑体、仿宋，各种变体，忙得不亦乐乎，"画"得中规中矩。谢老师写美术字，真的是一绝。他会充分运用材料，无须打格细描。几年后，我在钵池公社下放插队，公社大门两旁的墙上"工业学大庆""农业学大寨"的大标语，就是我用红漆直接刷上去的黑体美术字。记得当时过路的、赶集的像看西洋景似的看着我写字。多年后，有次去钵池公社办事，在大厅遇到一中年人，还没开口，他当即说："我认得你，你是当年那个在墙上写字的知青吧？"这成就了我对书法的热爱。多少年来，我一直十分感恩谢老师。上次与谢老师小聚谈到此事，还多敬了他两杯酒。

春天的周末，我会约几个同学去与学校一河之隔的南园（现在的楚秀园）挖荠菜。回家后一起择、洗，七手八脚和面包饺子，那种欢快，让我们回味至今。好在当时，父母忙于生计，顾不了"管"我们，任小孩"瞎作"的。现在回想起来，感觉倒也是一种挺不错的教育理念。

下农村前我（后排右一）与女同学们合影

　　夏天放假，翻出冬天用过的旧口罩拆了，削两根竹篾撑开，做成网。就忙着去学校门口的环城河里网小虾、捉小鱼，让人快乐的就是那过程。

　　1975年7月，学校发给我两个证书：高中毕业证书和上山下乡光荣证，我结束了五年中学时光，告别了自由、散漫、快乐无忧的生活。到"广阔天地"，去"大有作为"了。

　　这就是我的中学生活，也是我们那一代人的中学生活。

　　少年快乐成追忆，当时只道是寻常。清江市二中，早已成为历史，高中部也不知哪年停办了，现在又与旁边的纪家楼小学合并为纪家楼学校。所幸的是，校园还在。闲时，我会一个人去走走，偶尔也能找点我上中学时的痕迹。

　　这些，讲给现在的学生听，他们像听天书一样，不相信也不能理解——这是什么中学生活？

　　其实，这就是历史，历史是不会考虑当事人的感受的，就像现在，学生天天有着做不完的作业。

欢送黄建中老师合影

毕业四十年同学聚会合影

岁月清浅

明月前身亦此身

我有一枚闲章，很小，只有一厘米见方，上有四字：明月前身。很喜欢，闲时每每弄笔，写出点自己满意的小楷作品，定会将其钤于醒目位置，顿觉增色几分。

明月前身，意蕴多美！

明月，让我想到光明的月亮。战国时期楚国宋玉的《神女赋》中有云："其少进也，皎若明月舒其光。"想到唐代张若虚的《春江花月夜》中的："春江潮水连海平，海上明月共潮生。"想到刘大白的《丁宁·黄昏》："这秘密的黄昏，一霎时吞了斜阳，又一霎时吞了明月。"当然，明月又可指明珠。冯浩曾笺注："明月，珠也。"唐代李商隐的《利州江潭作》："自携明月移灯疾，欲就行云散锦遥。"清代刘大櫆的《祭左和中文》中有云："捐明月于污渎兮，余又何憾乎今之世。"

前身，乃佛教语，同前生，给人以无限的时空想象。记得有一副常被书画界人士用来挥洒的名联——"前身应是明月；几世修到梅花"。唯美如斯，禅意的人生，真已到了仙境！

而"明月前身"四字，出于唐人司空图的《二十四诗品》中《洗炼》一篇：

> 如矿出金，如铅出银。
> 超心炼冶，绝爱缁磷。
> 空潭泻春，古镜照神。
> 体素储洁，乘月返真。
> 载瞻星辰，载歌幽人。
> 流水今日，明月前身。

表达的是诗歌中，最洁净、最纯粹、最洗炼的艺术境界，类似于"清水出芙蓉，天然去雕饰"。再看这一厘米里的天地间的四个字。小篆，每个字都以飘逸灵动的主线条，在气韵上形成流丽婉转的态势。"明"字的"日"向左欹斜，向"前"字靠拢，而"前"字的下部"舟"部则依字形态势向右驶去（"前"字的字源甲骨文和金文上部均为止字，代指"足"，下部是一个"舟"字，人登舟，船即行，因为本义就是"前行"的意思）。且明月二字，占了大半，这样既突出明月二字的重要性，更显前身二字的紧凑，给人以松可跑马、密不插针的感觉，但如此又会让人感觉有点左重右轻，没关系，右侧的接边，巧妙地起到了支撑与平衡作用。

如此风格独特、章法独到的篆刻，绝非凡人所为。

看边款：似鱼室主作。似鱼室主何人？"度娘"告诉我，

明月前身印章

徐三庚也！

徐三庚（1826~1890），字辛谷，又字诜郭，号金罍、井罍，又号袖海，自号金罍道人、似鱼室主、余粮生、山民，别号翯然散人等，上虞章镇大勤人，清末著名篆刻家。与赵之谦、吴昌硕并称为在晚清篆刻三大家，在篆刻界具有史诗级的地位。

徐三庚的篆刻出入皖浙两派，他吴带当风的多变小篆书法，臻于化境的用刀技术，将金石趣味的质感线条与篆书笔意自然调鼎。苍劲、妩媚、浑朴、流畅兼有。应该说，吴昌硕的印章应该受到徐三庚的影响很大，也喜欢作一点"扭曲"装饰笔法。直到晚年充满石鼓趣味的篆刻仍不放弃这种"笔饰"，徐的影子时时隐藏其中。

吴昌硕（1844~1927），初名俊，又名俊卿，字昌硕，又署仓石、苍石，浙江省孝丰县鄣吴村（今湖州市安吉县）人。晚清民国时期著名国画家、书法家、篆刻家，"后海派"代表。他在涟水曾做过一个多月的县令，这是他一生唯一经历过的一段官场生涯。为纪念这段岁月，他用最拿手的绝活，风格各异地刻了三枚"一月安东令"。而吴昌硕一生中，最具代表性、传奇性的篆刻作品，应数他的篆刻作品"明月前身"。说起这枚闲章，那真又是一段催人泪下的动人故事。

吴昌硕少年（十六岁）时，与章氏女子订婚。不料，因太平天国运动引起的战乱，很多人把订婚的闺女送往夫婿家，尚未正式过门的章氏也被送往吴家。吴昌硕父子被迫逃难，但祖母、母亲裹小脚行动不便，善解人意的章氏便主动提出留下来照顾祖母与婆母，没想到这一别，竟阴阳永隔。当吴昌硕归来后，从母亲处得知章氏竭尽心力孝敬老人，却因饥瘗和操劳不幸亡故，他悲痛欲绝。欲待厚葬章氏，然遭兵燹毁害，章氏之墓已寻之不着，这使他一生都难以释怀。虽十年之后，娶了施氏，但他始终认为，章氏、施氏两位都是他的正妻。

四十一岁那年某日夜间做梦，他梦见了已亡故二十多年的章氏夫人，含泪作有《感梦》五古长篇以记之。

诗前有小序："元配章氏，同邑过山人，难中病没，仓卒埋桂树下。乱定发之，不得其骨，伤哉！光绪十年甲申九晦，苏州寓中忽梦见之。"诗云：

> 秋眠怀旧事，吴天不肯曙。
> 微响动精爽，寒叶落无数。
> 青枫雨溟溟，云黑月未吐。
> 来兮魂之灵，飘忽任烟雾。
> 凉风吹衣袂，徐徐展跬步。
> 相见不疑梦，旧时此荆布。
> 别来千万语，含意苦难诉。
> …………

吴诗情发五内，读来催人泪下。

又过了二十五年，吴昌硕六十六岁，客居吴下。这一年春天，他又做了一个梦，再一次与章夫人相会于梦境，这让吴昌硕百感交集，想起已去亦师亦友的徐三庚，曾刻过"明月前身"一印，带着对亡妻深深的悼念，他亦刻了"明月前身"一印。

为控制四字的均匀分布，缶老给四字分了界格。四个字几乎全无水平线与垂直线，加了界格，水平与垂直基准线都解决了，在调和四个字之间的细节章法之外，使印更为端庄且不失灵动。

据说，因为年迈，吴昌硕精力本已欠佳，又加万分悲痛，"刻此印时，吴老悲不可胜，含泪奏刀，多次停刀，最后还是友人的帮助完成"。

这方印的边款很特别，一面写着："元配章夫人梦中示形刻此作造像观老缶记"；一面画着章夫人衣袂飘飘，乘风归去的身影。可以说该印是感情铸就的，个中情味，我辈谁能体会？

2006年，国人还将这段传奇式的爱情故事，拍成电影，电影名就叫《明月前身》。

知道了这些故事，我更爱这枚小闲章了。随作七绝以记：

明月前身亦此身，吟诗弄墨做闲人。

桑榆莫问何时晚，一笑拈花始见真。

不过，我这枚小闲章恐怕并不是徐三庚亲刻，或是追慕徐三庚的粉丝所治。即便如此，我亦很喜欢。明月或我前身？悠然漫步林下，乐夫天命复奚疑？烟火、流年、红尘、沧桑，浅浅遇，淡淡忘。如是我闻，如是而已。

小楷作品 《明月前身亦此身》

曾是钵池小知青

知青,本义应是有知识的青年。但在我们那个时代,它却是一个群体的特指。

百度收录的词条为:知青,特定历史时期的称谓,指从1958年开始一直到1978年末为止从城市下放到农村或兵团务农的年轻人,这些人中大多数实际上只获得初中或高中教育。一般,"老三届"(1966~1968年)下放的,称为老知青;"新五届"(1969~1973年)以及"后五届"(1974~1978年)下放的,称为小知青。

我兄妹五个中有三个"知青"。

大姐1968年刚上初二,还未满十六岁就随着上山下乡大潮,到农村插队,成了老知青。我和三姐,1975年下放农村,属小知青。

相比较而言,我比较幸运。1975年应届毕业生,统一下放郊区农村。郊区农村的条件与县里农村相比好多了。

那年的政策,教育系统的子女下放地点是西郊。西郊,在市郊区农村中,条件属最好的,有知青点,集中住,有食堂,专人管理。但当时的学校领导对我父亲有意见,硬是让我跟随校工宣队轴承厂工人子女,下放到了偏远、贫穷的钵池公社。看着大院里其他教师子女仍能在一起，过着集体生活，我好生羡慕。没办法，在一要好的同学陪同下，我骑着自行车，沿着乡村泥路，一路打听，花了近两个小时才赶到钵池公社报到，被分配在马庄大队第五生产队。

当时五队还有几个知青，是市航运公司的职工子女。我到生产队没几个月，她们陆续进城做工，还有一个知青被推荐上大学了。一排四间知青房就剩下我一人。我留了一间住，其他做队房。在这排房子后面，有我一分自留地。我在这小块地上种麦子，种大头菜。马庄大队的土地很肥沃，种什么都是好收成，当年马庄的青萝卜、红辣椒，还有苏蜜一号小西瓜，都是全市出名，能卖出好价钱的。生产队长朱殿芝，是个回乡知青，肯吃苦，也很能干。1975年年底，公社要开挖大寨河，他作为青年突击队长，带着全队劳力上河工，整整大干一个冬天。

我的任务是在工地的伙房给大伙儿做饭。伙房其实很简陋，就是一个四面透风的工棚，用砖头支了个土灶。要说这火头军，看起来干的是小事，其实也是个技术活。根据烧火的材料不同，陈木新枝、玉米秸秆、稻草等不同材料，有不同烧法。一个冬天下来，我的烧火技术呀，真到了"纯青"的地步，无论何种材质，绝对是拿捏准确，掌控自如。伙头军工作也让我知道了"火心要空，人心要公"的人生道理。

不久，市农科所选中五队为实验基地，我们五队摇身一变成了钵池农科队。我这个小知青整天就跟在农科所的技术员后面，学习科学种田。印象最深的是小麦新品种引进试验，一块大田，以一条条浅沟相隔，同样的条件，种着来自全国各地几十个品种的小麦，看哪个品种适合在我们当地种植。还做过庄稼对微量元素钼、锰、锌需求的试验。这时，我还有了一个新称谓：植保员。别小看了我这个没有经验的植保员，当时正在推广"生物治虫",在小麦刚抽穗时,极易生麦芽虫,我将很有限的数学知识"正交试验法"用于试验田,利用瓢虫吃麦蚜虫的生活习性,做以虫治虫的实验,每天做记录,分析,像模像样地写了一篇论文,还参加了淮阴地区(今淮安市)首次植保大会——当时感觉自己真的在广阔天地大有作为了。

十八岁,我(右一)在农村的模样

再后来,生产队南面不远的钵池中学一女老师生小孩,班里的课没人上,队里的村民告诉学校,我们队里有个知青,她父母都是教师,她一定会上课。这样,我又成了钵池中学的一名代课教师,教初一两个班的语文,兼全年级的美术课,还做一个班的班主任。

如此忙忙碌碌又一年,正好赶上恢复高考。随着累积十年的高考大军,我侥幸考上了"南师淮阴分院"。如此才结束了我的知青生涯,成了名副其实的知识青年。

离开农村时,学生们多有不舍,队里的小姐妹们多有不舍,我也多有不舍。虽只有两年多时光,但对我的磨炼很大,留给我的也多为美好的回忆。

虽然离开了钵池,我却从未忘记钵池。这几十年中,我与生产队的联系从未间断。我不时享受着生产队人送来的青萝卜、西瓜、红辣椒、杂粮面……2018年,钵池中学那帮学生们,还为纪念我们分别四十年,搞了一次盛大的聚会活动。看着这些比我小不了几岁的学生,我感慨万分。我真的很怀念人生中这段小知青经历。

其实,宏观上如何评价"知青"和"下乡",那是史学家们的事。

四十年后，我和我的学生们

对于我这个个体来说，真的是一种难得的磨炼。两年多，对人生来说不算长，但农村的这两年多生活，却让我受益终身。

前几年，我看好钵池山公园的优美环境，想在周边购一房，安度晚年。看中一处，后来才知，这里就是原马庄大队的地盘。住处东边不远，那条不宽的小河，就是大寨河。是我们全公社的强劳力，苦战了一个冬天的成果。若放在今天，也就推土机几天的活。

不能不感叹世事沧桑。人在不同的心境下，感觉竟如此不同。原钵池公社现在是开发区，变成了城市的新区，大寨河现在只是一条排水渠。站在河边，两岸是一座座各式各样的高楼。再也看不到那些成片的绿油油的庄稼，再也吃不到马庄的青萝卜、红辣椒和小西瓜了。我行走在这片土地上，那个时代，那些往事，仿佛离我很遥远，恍惚间又近在咫尺，让我的内心时时充盈着青春的律动。

人生真的很有意思，当初，只是父亲学校领导的一个私念，让我成了这片土地上的"小知青"。穿花拂叶，人生绕了一大圈，无意中，自己又转回来了，是巧合还是命中注定的缘分？记不得哪个名人说过："巧合，是上苍赠予我们不期而遇的惊喜！"

是吗？感谢上苍！

青春的新模样

1977，570万，27万，4.7%。

对于你，也许这只是一组莫名其妙的数据。对于我，对于四十年前跻身独木桥上的高考大军来说，这是令人敬畏，令人一想到便热血沸腾的数据。1977年，570万考生，录取27万，录取率4.7%。

我很幸运，赶上了那场规模宏大的考试。更幸运的是，在达线率仅2.3%的江苏淮阴地区，我是不多的理科加试美术被录取的考生。二十岁的我，对高考、对大学尚未来得及有一个明确的认识，竟意外迎来人生最重要的一个转折点。

1966年"文革"开始，我刚上小学二年级。整个学生时代几乎就是在背语录、学工、学农、学军中走过的。考试只是个形式，一般是可随意翻书的开卷考试，或是小组讨论定个优良中差。1975年，一张高中毕业证书，一张上山下乡光荣证，两张纸，结束了我的学生生涯。响应党的号召，走向农村的"广阔天地，大有作为"。那时的政策是：表现特优的由贫下中农推荐上大学。

两年卷着裤脚，地里田头的日子，脸晒黑了，皮肤糙了。我正豪情

我的准考证

满怀努力表现呢，突然说上大学不要推荐了，要考试。考什么？怎么考？我陷入了极度的迷茫。

像平时干农活一样，我跟着老知青，他们学啥我学啥，他们说什么资料好，我看什么；他们说哪里老师讲课好，我就跟着去蹭课。老知青里有个儿子才几个月大的"奶爸"赵丽宏，属学霸级别的。我们一起复习，孩子哭了，他丢下书去哄；孩子尿了，他扔下笔换尿布；我们遇到难题了，他放下自己的作业题，当老师。不愧是"老三届"的高才生，所有难题到了他那儿全都迎刃而解。当然，更令我们感动的是他的无私，他的热情。

报名的日子终于来了。文、理科要进行选择，分开填报。没有悬念，我不学文科。我爸妈都是语文老师，在我的概念中，选了文科就要像他们一样，天天批改作文——烦死人了。儿时，家里就两张桌，一张书桌，一张饭桌。每天晚上，妈占书桌，爸占饭桌，吭哧吭哧忙着改作文。我可不想重复他们的生活，便毅然报了理科。工作人员说，还可兼报一门艺术。呵，这让我十分激动，高中时，我可参加过市文化馆的美术培训班的学习，当艺术家才是我的梦想——丝毫不犹豫，加报美术。

积了十一年的高中毕业生，太多。考试分初试、复试两关。

文化初试我如今一点印象也没有，只清楚地记得美术初试是素描，模特是一位解放军战士。我用炭画笔熟练地涂着抹着，额上的汗在滴着滚着。走出考场时，我也成了花脸。

没想到，我的理科与美术两个专业都过了初试。特别是美术，全清江市区，过百人报名，就八人进入复试。

绘画是我所好，可复试分国画、油画、水彩、水粉、图案设计几个专项。我在文化馆只学了点素描、速写，无任何专业训练，怎么办？朋友们说："图案设计容易点，你可试试。"我连啥叫图案设计也不明白，临时抱佛脚，现学现弄了一张图案，结果可想而知。后来才知，那年全淮阴地区就一个美术名额。不过，没遗憾的，我经历了，也努力了。

只是这一折腾，文化课的复习又耽误了，理科复试要增考物理、化学，我本来基础就差，再加上忙着美术，结果理、化都考砸了，还好，数学、语文、政治考得都不错，总分够当时的南师淮阴分院（现淮阴师院）。因数学成绩不错，我进了数学系。从此，开启了与各种复杂的数字、题目打交道的生涯。

一年后，清江市首届青年美展，去看展的同学告诉我："章侠，在展上还看到了你的作品呢。"怎么可能？上大学后，我的全部精力都投在数学上，从未动过画笔。忙过去一看，哦，原来是我在培训班的一幅素描作业。压抑住内心的激动，我知我已是"数学的人"了，默默转身，将艺术梦深埋心底。

我的数学世界里充满了挑战。班上同学年龄最大相差十几岁，大龄

大学毕业时在清宴园留影　　　大学毕业三十年同学聚会合影

走进老年大学，我热情满怀

的基础扎实，小的又聪明灵活，我这中档的只有靠下苦功了。几年的大学生活，伴我走过每一个晨昏的，是那一摞摞的习题本，和习题本上的斑斑汗迹。

光阴似箭。一晃，四十年了。四十年里，工作着，生活着，忙碌着，风雨兼程。许多过往都已淡去，唯有四十年前高考的一幕幕总像放电影一样在我眼前闪过。

都说岁月无情，青春不再。我感觉这青春似是四十年一个轮回。在四十年后，在我该退休的日子里，却发现青春它忽然回转身来，冲着我微笑。

我沉睡心底深处四十年的艺术梦，在新的青春里苏醒。如当初加试美术一样，无丝毫犹豫，热情满怀地走进老年大学的校园，报了美术、书法、摄影。像四十年前恢复高考那样，重启我的大学生涯。

整装，携着初心出发，以梦为马，遍地黄沙。

四十年的打磨，青春又生出新模样，日臻醇香，清朗自华。

七夕亦作鹊桥仙

七夕前二日，好友王步琴在微信上和我说，江苏女子诗社的微刊要做个七夕专题，邀我作首与七夕相关的诗或词助个兴。

说实话，这有点让我为难。对诗词，我属于那种有诗心无诗才的。只是喜欢，有时兴之所至，凑几句自娱自乐而已。写诗不多，填词更少。要完成这命题作业，有难度。况且"七夕"这大题目，自古多少文人雅士写过的呀！从《古诗十九首》中的"迢迢牵牛星"，曹丕的《燕歌行》，李商隐的《辛未七夕》，到宋代的欧阳修、柳永、苏轼、张先等名人大家多曾吟咏过这一题材，遣词造句各放异彩，却也大都沿袭了"欢娱苦短"的传统主题，格调比较哀婉、凄楚。就我读过的而言，最有名的，当然应属秦观的《鹊桥仙·纤云弄巧》：

纤云弄巧，飞星传恨，银汉迢迢暗度。

金风玉露一相逢，便胜却人间无数。

柔情似水，佳期如梦，忍顾鹊桥归路。

两情若是久长时，又岂在朝朝暮暮。

独出机杼，出自肺腑深处，立意高远可以到达银河系。表现了词人对于爱情的不同一般的看法。他看淡了朝欢暮乐的流俗世态，歌颂了天长地久的忠贞爱情。尤其是末句"两情若是久长时，又岂在朝朝暮暮"这句千古绝唱，多少年来，已成为恋爱、婚姻中男女分离之际、分居异地的安慰、勉励之词。被引用的频率之高，恐怕是伟大的高邮词人自己也想不到的。

其实，在现实中，不是万不得已，爱情还是需要陪伴的。好像有本书，书名就叫《陪伴是最长情的告白》。是的，能挽得一人，穿花拂叶长相伴，天荒地老共白头，一起看尽繁华落幕，那才是最浪漫的幸福人生。

所以，要是让我做选择题，显然也选择朝朝暮暮的哦。幸我不是什么仙女，也没爱上神仙。庚子七夕疫情散，也填一曲《鹊桥仙》。清江浦土话，算作"看二层的"吧。

纤云织锦，清风传讯，灵鹊迢迢几度？
仙尘此际又重逢，只道是，双双泪煮。
闲庭把墨，星天自语，今世尘缘未负，
三番欲问阙宫人，何如我，晴朝雨暮。

——是啊，三番欲问阙宫人，何如我，晴朝雨暮。

近日，我在临文徵明的《落花诗》小楷，他的书法温和美好，秀美有力，秩序严谨，姿态活泼动人。我好生喜欢，却感觉要写好十分不易。用墨过了就写得十分媚俗，行笔过了就写得锋芒显露，如何把握这个度？于我，正在摸索的艰难中呢！

得，且拈一张彩笺，参那文徵明笔意，书我所填《鹊桥仙》。用心点画成作品，亦多一番快乐也！

以此为庚子年七夕的纪念，好歹也算交了好朋友步琴的作业。

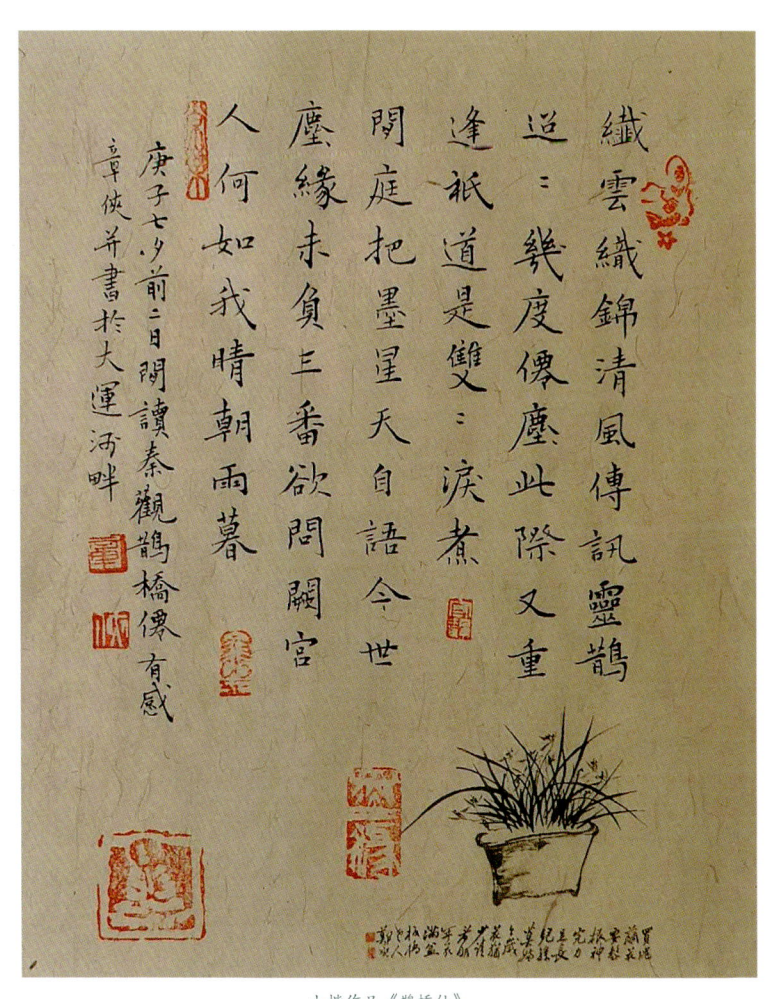

纖雲織錦清風傳訊靈鵲
迢迢幾度僝僽此際又重
逢祇道是雙雙淚煮
閒庭把墨星天自語今世
塵緣未負三番欲問關宮
人何如我晴朝雨暮

庚子七夕前二日閑讀秦觀鵲橋僊有感
章俠并書於大運河畔

小楷作品《鹊桥仙》

六十岁的幸福从能坐开始

一直认为，人生的最美好的生活应是从六十岁开始。结束了为之奋斗的"事业"，孩子也长大成家，是该为自己好好活着了。

这不，新年刚过初五，我就迫不及待跟着几个摄影人自驾甘南，赶去拍藏族的新年。一路欢歌，车开到舟曲小街吃午饭时，当地人告知，不远有个拉尕山很美，一个美字，让大家毫不犹豫驱车而上。

我坐前一辆车，行至一半，发现天飘小雪，安全起见，我们决定掉头返回。找了个宽点的地段掉头后，大家上了车，刚坐稳，就听见驾车的同道说了句："不好，出事了！"然后我失去了意识。

醒时，发现车已翻，我们都被摔在离车几十米的地方。浑身疼痛，寸不能移。看着不远处的同车好友，我无措，喊不出，动不得。

一切来得太快。前一秒美景陶醉，后一秒……

幸亏后一辆车的朋友及时地喊村民，报警，叫救护车，将我们救出险地。

其实这场车祸让人生还的概率是很小的。

如果不是两辆车一起出行，我们出事根本无人知晓，当时气温是零下十二摄氏度，冻死还不知何时有人发现。

如果车的速度再快那么一点点，我再多一滚，就会掉下一千三百米的悬崖。那真就粉身碎骨了。如果汽车翻滚时，没遇到那棵树，有可能就压在我身上了。如果……任一"如果"成立，我的生命将终止于六十岁开始的门槛。

康复后的生活

断了我的右锁骨，折断了十二根肋骨，还让我左脚两处骨折。接着是一个月的病床上的躺平，多处的骨折让我只能平躺。想翻身，都是奢侈的梦。

经过一个多月的治疗，现在，我终于能坐了。能坐多好，有种从未有过的幸福感。能坐了，我可以看书，可以写字，可以用电脑，可以摇着轮椅去门口晒太阳。

翻出过去买的好多书，坐在阳光下，静下心慢慢地读，细细地体会，这感觉多美。

找本喜欢的字帖，坐在桌边，一笔一画，不急不躁地摹写，穿过时光隧道，悠闲得像与古人在对话。

晒太阳时，顺便看着朋友发来的春游小记，分享着他们与远方春天的拥抱。

心态从未有过的平静。满满的都是知足。

朋友说："你要想真正活得幸福，就要忘记过去，珍惜当下，不忧未来。"

我知道，忘记过去是做不到的。珍惜当下吧，当下，我能坐着。多好！这不，我又能安坐在电脑前，敲出这些感想，与朋友们分享。

我六十岁的幸福生活，就从能坐开始吧。

一枝香雪系春心
——丁酉大寒记录

丁酉大寒时间是元月 20 号中午 11 时 9 分，随之而来的是槿轩先生微信发来的七绝小诗：

> 百丈冰从绝险寻，一枝香雪系春心。
> 请君休羡狐裘暖，不及红颜三弄琴。

真美。前两句写自然的大寒节气，梅香报春。后两句让我感受到灵魂的慰藉更为温暖，让我想起最近火爆的电影《无问西东》里的情节，也是寒冬，一群孤儿破衣遮体，饥寒难耐。神父说，大家唱歌吧。清亮的歌声穿过时空，直抵人心。这就是精神的力量。

当然，我最喜欢的是第二句，"一枝香雪系春心"。大寒已经到了，春天还会远吗？给人以无限憧憬。

2016 年年底，中国传统的二十四节气申遗成功，我和槿轩先生约定，以诗来记录丁酉年的节气变化。从立春开始，槿轩先生总会在节气刚开始的那个点，将诗发我，我也会随兴写点感想，或学习和上一首。

记起丁酉小雪那天，天气阴冷，直到晚上雪花都未飘落，槿轩先生的诗是：

清江浦冬景

  寒潮一夕布晨霾，又扫天晴冷日开。

  黄叶纷纷随地转，雪花未卜几时来。

 我将诗写成小楷，并加跋语：转瞬即到小雪时节，中午收到槿轩先生七绝一首，甚为感慨。老天阴冷整日，至晚雪花仍未如约，亦戏和：

  寒风阴冷弥昏旦，小雪时来雪未来。

  冬补群言从今始，试烧新灶煮茶开。

 记录了时节，记录了友谊，趣味几多。

 是呀，槿轩先生丁酉一年从未间断的节气诗，不仅仅在城市的高楼林立中，让我感受到季节悄然的变化，追忆已逝去的田园牧歌，更有了温故知新的寻根感悟，给平凡的日子增添了几分诗意。

 丁酉年是我一生的痛。年初从鬼门关转了三圈，一直以为我的一切都将静止在拉尕山的飘雪中，幸有了各位亲朋好友的关心爱护，支持鼓励。亦有槿轩先生坚持了一年的二十四节气诗。

小楷作品《丁酉小雪》

小楷作品《丁酉大雪》

小楷作品《丁酉大寒》

小楷作品《感怀》

大寒诗是节气话题的收官之作,我也为这丁酉年最后的节气写一首,算作纪念:

> 一岁终章为大寒,眸回不忍细盘看。
>
> 阳开何可消寒意,只待春风一夜欢。

写到此,真是感慨万分:

> 鸡鸣声渐吠声追,难寐孤灯春又催。
>
> 回首不堪惊胆魄,一年恰似一轮回。

愿我所有的痛,冰封在丁酉年的大寒里。余生只期:面朝运河,春暖花开。

心盛阳春满满欢

光阴如驹隙，转瞬又大寒。

今年大寒日，风和日丽，无一点寒意，犹如我的心情。

中午，著名的中医金老约大家小聚。交谈的主题是养生，大寒时节谈养生，恰合时令。大家的共同观点：养生首先是养心，精神养生很重要。

记得去年大寒时，我写了篇关乎节气，关乎诗词，关乎友情的小文《一枝香雪系春心——丁酉大寒记》，作为"清江浦人家"的开篇。祈祷上苍，愿我所有的痛，都冰封在丁酉的大寒里。余生只期，面朝运河，春暖花开。

也许是我的诚心，感动了苍天，这一年，过得特别顺，回头看看，满满的都是温暖。

特别是6月初，同时收到两个邀请，一个是"桂林杯"全国最美游记征文，我的小文《我愿是西藏上空一片云》获三等奖，一个是"美丽瞬间：世界摄影照片与短文大赛"进入前十。两个颁奖均在6月23日。我选择了去桂林，和先生顺便在桂林游玩了几天。过去只知桂林山水甲天下，其实桂林的梅瓶、桂林的大圩古镇，也都很了不得。

回来后打开邮箱，欣喜地收到洛杉矶颁奖现场的照片，一看现场评

获奖作品《你是俺身上这颗心》①

比，获得了个第二名，组委会还特意让个华裔小姐代为领奖。真是天上掉下的大馅饼。怎么会有这么好的运气。四十四个国家，几万张图片呀，实在是意外。

7月，随着一帮好友去了埃及，感受心仪已久的金字塔、三毛笔下的撒哈拉沙漠、美丽的红海。异域风情别样的美，让我感慨良多。

颁奖现场

10月，和几个大学同学用了近二十天时间，去了欧洲的捷克、奥地利、匈牙利三国自由行。我们语言不通，靠着现代化的翻译工具，一路挑战不断、笑语不断。

当然，最让我欣慰的是，在"清江浦人家"微信公众平台上，一年

---

① 这是在农村看到的一幕，老大爷手脚都有残疾，家境显然不是太好，从画面可见，他们却是那么阳光、开心，因为老伴告诉他："你是俺身上这颗心。"是的，其实贫富并不重要，不离不弃地相伴才是幸福的根本。

中，我们用图、文记录着清江浦老百姓的过去与当下，共发原创作品两百多篇。

诸多生活中的小精彩，让我退休后这些柴米油盐的平常日子，过出了诗酒花茶的幸福。这也属于精神养生吧。

沐手朱砂恭书心经，为大寒祈福，为朋友们祈福，为美好的明天祈福。

试作绝句，以记戊戌年这心中晴和的大寒：

旧岁祈天在大寒，佑福少恙得康安。

应时又坐大寒里，心盛阳春满满欢。

小楷作品《旧岁祈天在大寒》

天九今时又启航

有一谜语：天长地久（打一节气）。谜底是夏至。因为阳气在夏至日强盛到极点，盛极必衰，阴气也就从这一天开始滋长。

今年的夏至是 6 月 21 日 18 时 7 分。

读槿轩先生七绝诗《夏至》：

> 暑影从今逐日长，水门尤盼即开张；
> 应须凉面来三碗，数九谁知又启航。

以往只知道冬至开始，唱着《九九歌》："一九二九不出手，三九四九冰上走……"盼着九尽花开寒不来。今听荀先生说才知，那叫地九，夏至亦数九，为天九。宋时就有《夏至九九歌》：

> 夏至入头九，羽扇握在手；
> 二九一十八，脱冠首罗纱；
> 三九二十七，出门汗欲滴；
> 四九三十六，浑身汗湿透；
> 五九四十五，炎秋似老虎；
> 六九五十四，乘凉进庙祠；

七九六十三，床头摸被单；

　　八九七十二，半夜寻被子；

　　九九八十一，开柜拿棉衣。

　　通俗易懂。夏至读九盼秋梢。

　　冬至饺子夏至面。夏至的面与常日的面不同，它多为凉面。所以先生说"应须凉面来三碗"。因为这个时候气候炎热，吃些生冷之物可以降火开胃，是的，这又关乎养生。其实，先人们对自然的认识与尊重优于当下。

　　还有，夏至以后地面受热强烈，空气对流旺盛，午后至傍晚常易形成骤来疾去的雷阵雨，由于降雨范围小，人们又称为"夏雨隔田坎"。唐代诗人刘禹锡受其感染，留下了"东边日出西边雨，道是无晴却有晴"的千古名句。

　　荀先生的《夏至》，引发我诸多感想，也戏和一首：

　　　　天九今时又启航，槿轩诗教即开张，

　　　　四城碌碌无时节，却盼新词秋蕊香。

　　小楷书于扇面，亦为一应时小品。自乐矣！

　　哦，还有一俗语：爱眠冬至夜，爱玩夏至日。以此文字祝各位亲朋好友，夏至快乐！

暑影從令逐日長 水門龍眼即開張 應須涼面來三碗 數九誰知又啓航

天九今時又啓航 槿軒詩教即開張 四減碌碌無時節 卻眈新詞秋蕊香

戊戌夏至讀槿軒先生七絶有感 章俠書芳記於白雲雅築

小楷作品《夏至》及和詩

我也追星狂一回

> 手记：追星，似乎与老人无关，多是年轻人的事。可最近我这个已过花甲的退休老妪，也发了一回少年狂。再梳妆，着新装，追星直到虎头冈。那感觉，还真的不一般。

第一次知道郭凤莲的名字，是20世纪60年代，毛主席提出了"农业学大寨"。从此，我知道了大寨，还知道了大寨有个铁姑娘郭凤莲，那时，我上小学。铁姑娘的形象美，是一个，乃至于千千万万个小姑娘心中的女神，赛过当下任何一个明星。

读完初中读高中，铁姑娘的形象在我脑海里越发清晰。到了1975年，作为"下放知青"的我，在钵池公社马庄五队插队劳动。第二年冬天就赶上了公社开挖"大寨河"。队里所有年轻人全上，我们女青年的标杆就是铁姑娘郭凤莲。

庚子初秋，疫情渐稳，随几个摄影人去西北寻秋。第一站竟是大寨。这让我很兴奋，一路都在想，能不能见到旧日偶像郭凤莲？到大寨时天色已晚，在一个农家乐吃晚饭时与老板娘聊起，问她能否见到郭凤莲？老板娘说："巧了，她最近在大寨，每天早上6点会沿着山坡散步，你们幸运的话，会遇见她的。"并不无兴奋地展开说："她人可温和着呢！"

真希望遇见她。

可按计划，早晨应去虎头山拍日出。我只好放弃"巧遇"的想法，跟大家上山去。

如今的大寨，已成为一个优美的公园化的山村。层层梯田庄稼葱绿，环绕池水波光旖旎。郭凤莲真的很不简单，这些年，更新观念，带着村民搞经济建设，从以农为本的经济模式向商业模式转化。除去种地，还做起了食品加工、养殖、铁路运输、建筑业等种种尝试。从小作坊做到上规模的企业，近些年的文化建设又将村庄发展提升到一个新的高度。林中步道两边，一路是景点。总理纪念亭、陈永贵墓地、郭沫若纪念园-硬是将大寨建成了五星级的旅游景区。

当然，我最喜欢的还有"大寨小学"。规模不大，但很温馨——三三两两的孩子，沐浴着阳光，结伴去上学，这种景象，现在在城里难得一见。

难忘大寨村西口的那棵大柳树，我第一次见到柳树可以蓬勃伸展成如此之大，导游说它有一百多岁了，它见证着大寨从贫苦到富裕的一切变化。

看着这些，让我想见郭凤莲的心情更为迫切。

可在这山头村边一圈转下来，已近9点了，郭凤莲散步早该回家了吧。我心有不甘，约同伴去她家门口转转，看看能否"巧遇"。

沿着新村居，向后山走，据村民介绍，在村东北角的后排第一家就是郭凤莲的家了，紧对着门的是一面写着一个大大的"福"字的砖照壁。门口墙角长着一些叫不上名的花草，极为普通。可门始终未开，我们也不便贸然去打扰，只在她家门口拍了几张照片，真是失望啊！

看来这回是无缘见偶像了，心如秋意一般凉。吃了早饭，回住处收拾行李，准备出发。就在我们准备离开之时，旅馆老板叫我们："你们不是想见郭凤莲吗？她现在在广场有个活动，还没离开，快去快去。"我们赶紧放下行李，跑到广场，见她正在接待一个团队。正是我心目中的样子，虽过七十，仍那么精神，身着格子衬衫，更显朴实可亲。

趁活动结束的间隙，我忙凑上前去，告诉她，我们是从淮安来的。她笑着说："淮安，我去过。"看我一脸不解，她接着说："周总理诞辰一百周年时，我和邢燕子一起去的。"并告诉我，周总理来过三次大寨，她都参与了活动。1965年总理第一次到访大寨时，郭凤莲破旧的衣服上面是补丁摞补丁，这怎么能体面正式地迎接总理？正好同班的一位女生有刚做好的新衣服，郭就借了同班女孩的衣服，可见那时大寨多贫困。近七十年，从当初的"农业学大寨"到现在的"红色大寨、旅游大寨、绿色大寨、产业大寨、文化大寨"，时代不断赋予大寨精神以新的内涵。用郭凤莲的话来说，七十年大寨，"变"的是与时俱进的创新发展；"不变"的是"自力更生、艰苦奋斗"的精神。郭凤莲以其敢做敢闯、敢想敢拼的精神创造了属于大寨的奇迹，她的这一精神也正好符合她"铁姑娘"的形象，这一精神内核真的值得各行各业好好学习与传承。

我们一行，高兴地与她合影留念。我还单独与她合影，感觉真的好极了。

我（右二）和同行朋友与郭凤莲（左三）

我与郭凤莲

小楷作品《江城子》

  一颗激动的心啊,久久不能平静。想起苏轼那首《江城子》的起句,"老夫聊发少年狂",大有同感。亦填了一首《江城子》:

  暮年亦发少年狂,再梳妆,着新装,

    只为追星,直到虎头冈。

  为与凤莲能见面,身虽累,又何妨。

  村头巧遇似平常,发同霜,兴同芳。

    大寨淮安,总理两牵肠,

  话语不多情切切,时虽短,不相忘。

以此词纪念这次与郭凤莲的村头"会见"。

2019，我乘双桅船

——元旦日记

元旦晨起，读着赵恺老师写给"清江浦人家"的寄语：

在中国造船史和航运史上，"清江浦人家"是一艘双桅船。她的双桅，一尊叫做"历史"，一尊叫做"未来"。船长在《航行日志》的首页写着："平庸者记录发生，创造者探索为什么发生。"于是，砍去锚链，引领四条江河，以哥伦布式的品质和结构揳入未来。划哟，划哟，划哟。波浪向木桨列队致敬。

思绪万千。

若用我近日所临的王宠体书写会是什么感觉？

说做就做。新年嘛，故而找了一张印有喜鹊登梅图案的宣纸。展纸濡墨，用繁体、竖排的楷体认真地写起来。诗写完，见纸还空几行，又用朱砂跋道："公元二〇一九年元旦晨起，欣读赵恺先生为'清江浦人家'所撰写新年寄语《双桅船》。新意象、深意境、大格局，思绪万千，尝试以繁体竖排小楷书之。并无章法依据，只为新年书写开篇。"

盖上印章，还分别在"平庸者记录发生"后盖上了"多思"，在"划

小楷作品《双桅船》

哟，划哟，划哟"后盖了"敦厚"两枚闲章，算是激励吧。还缺点什么？又在跋前，盖上了"吉祥如意"。一幅诗书印齐全的作品初步完成。

是啊，现代书法作品多为书写唐诗宋词，如何用其来表现当下的新诗新赋？是否可以用书法作品表现的《双桅船》？我非书法家，但这真是值得书法家们去思考的。

年轻时读的第一本诗集，就是舒婷的《双桅船》，《双桅船》是诗集中一首很有名的爱情诗。诗人借用双桅船这一具体形象，表现了对爱情双重的心态与复杂的情感。

"不怕天涯海角/岂在朝朝夕夕/你在我的航程上/我在你的视线里"，当时，曾被恋爱中的男女当作名句引用，十分流行的。

舒婷的《双桅船》，让我认识了朦胧诗，知道了爱情还可以如此意象表达。赵老师给"清江浦人家"的新年寄语，题亦为《双桅船》。其

文史专家荀德麟

意象、意境、深度、广度都更上一层。我知道，他老人家是希望我们"清江浦人家"就像一艘双桅船。不仅记录历史，更要思考，要面向未来。情之深，期之切，让我心里满满都是感动。赵老的双桅船，更让我懂得了作为一个普通清江浦人的义务、责任与使命。

完成后，喝茶休息，见东圣寺住持如和发的祈福微信。如和是我很敬重的一位法师，他有信仰，修行高，从立冬前一日"初见"笔会上相识，我一直在关心他在微信公众号上发的《朝山日记》。于是，沐手恭书《心经》以表我元旦祝福。

下午，在图书馆听了文史专家荀德麟先生的"襟吴带楚地，壮丽运河都"讲座，更加深了我对家乡对运河的热爱。

都说，我们不知生命的长度，但可以拓展它的宽度与高度。

我的2019，就从双桅船启程，我知道，在百舸争流的长河中，一艘小小的双桅船微不足道，但它无须向河岸承诺，无须与波浪商谈，只须用力地划，重要的就是这用力划的过程。这样，面对一切可能的结果，我们都会坦然地说，我们尽力了。当然，还是希望有更多的朋友能与我们一起，同船同行，一起用力划向美好的未来。

识得人生小工始

> 手记：远在加拿大的妹妹微信问我，还记得从小做过哪些小工吗？这一问，瞬间打开我记忆的闸门，往事如放电影一样，一幕一幕，清晰如昨天。我笑回：这可列个长长的清单，于是就有了这篇小文。

"小工"这个词，现代年轻人大多不知。上世纪五六十年代出生的人，特别是多子女家庭，许多孩子都会有所经历。

我做小工的经历从 12 岁开始。

那时，我妈在城西小学当教师，我跟着在城西小学读书。我读四年级时，正值"工人阶级领导一切"的岁月，烟厂来的工宣队进驻了学校，那年寒假，工宣队给学校老师的福利是：教职工子女满 12 岁可以去厂里做一星期的小工，8 毛钱一天。那年我刚好 12 岁，摊上了这等好事，真是既高兴又紧张。高兴的是我可以为家里挣钱了；紧张的是不知会让我做什么，自己能否胜任。我被分配在三车间，工作是将流水线下来的成烟，明显不够饱满的取出来，事情不重，我生怕人家嫌我小，做得格外仔细认真。车间的阿姨不时劝我休息一下，可我哪敢呀，连上厕所都不愿耽搁。正值年前，我这一星期，为家里计划外多得近五块钱，这个年，全家过得都多了几份宽裕。可惜，这四块八毛钱什么样我都没见过，因为厂里将钱直接发给家长了。现在想来这应是我人生的第一桶金，虽然我并未见到这金是啥样。

从此，我学生时代的寒暑假，几乎都在做小工中度过。

小学五年级时，家里亲戚帮找了一个将碎布头加工成被面的活，全家人跟着忙。奶奶先用水将布抹平，按形状、大小分类，差不多的摞在一起，我学会了踏缝纫机，每天放学后就忙着将碎布头拼成条状，妈妈再抽空将长条拼成被面。一条成形的被面，加工费好像也就两块钱。就这两块钱，全家要忙活一星期。

暑假时，接到一批清洗塑料布的活。我与三姐在奶奶的指挥下，用家中大洗澡桶，放入水与洗衣粉，将一块块脏塑料布，依次放入，再用大板刷依次刷尽污渍，不能有半点遗漏。然后再用清水冲刷干净，晾干。遇到面积太大的，只能赤脚站在水中刷。这脚天天泡在脏水里，时间久了，脚丫都烂了，疼得不能走路，爸爸只能用自行车背着我去城中医院治疗。回来的路上，爸爸买了一个肉包给我吃。那香味，让我回味几十年，后来再也找不到那样的肉香了。

初中阶段，每每寒暑假还未到，妈妈就会拜托熟人、亲戚找地方让我们做小工。顺利的话，从放假的第一天开始，我和三姐就开始做小工了。像制盒厂、麻绳厂、塑料厂、八球厂等，还有一些都说不名的社办厂、合作社，我们都干过，大都8毛钱一天。一个假期下来，也可贴补不少家用。

没有工做的时候，就去蛋品厂剥大蒜、到里运河堆敲石子，这些都是多劳多得的活。

上高中后，身高、力量都增长了许多，就常去一些建筑工地上做小工，和泥沙、运泥沙、搬砖头，最轻的活是泥缝，也就是将刚砌好的墙上，砖与砖的缝隙不整齐，需要拿一个叫泥抹子的工具，用水泥将砖缝抹平，这看似简单的活，其实很有技术含量，熟练工会抹得又平又快又漂亮。

参观"弘开净土"展

工地上做小工，虽然辛苦，但一天可挣一块钱，比厂里小工多挣两毛钱。

记得最清楚的是那年寒假，正逢钢铁厂开工建设。工地上人山人海，有无数的大工、小工。我和三姐也在工地做工。平时三班倒，过年期间不放假，一块二毛一天。这是我小工生涯中挣得最多的一次。我家住在都天庙街，从家到钢铁厂很远。每天只能乘公交车来往。那时公交收费是分等次的，一至三站路是三分钱，四至五站路是五分钱。从二院上车到厂里四站路，五分钱。我和三姐，每天宁可早点出门，走到大庆路站，这样，两人来回可节省八分钱。吃饭也不舍在厂里食堂买，一般都是带两个馒头，放在炉上烤烤。记得最清楚的是除夕，我们正好上夜班。下班就是大年初一。顾不得一夜劳累，就约上同学上街看热闹了。

平时在家，放学后，也没闲着。糊信封、糊筷套、糊药盒，还帮人织过渔网。这些活，多少都能挣点钱。前些日，与几个摄影师去洪泽湖边拍照片，正好看见一老人在补渔网，我说这我也会。同道都不相信。我拿起织梭熟练地织起，大家都很惊奇。其实他们哪里知道，我这可是"童子功"呀。

最后一次做小工是上大学前，在手工业大楼，跟着布置橱窗的师傅做下手。这是我小工生涯最轻松也最喜欢的一次。做了15天，挣了12块钱。交给妈妈时，她没要，让我留着买些上学需要的东西，这可成了我人生最早也最大的一笔私房钱，收了好多年，都没舍得用。

识得人生小工始。小工，让我很早就有了为家庭分担的意识与快乐，学会了与人合作，懂得了包容与谦让，更重要的是培养了我坚韧不拔、吃苦耐劳、乐观向上的品格。这些，都化为我人生的宝贵财富。

正如那句歌词，人生没有白走的路，每一步都算数。是的，人生没有白走的路，生活没有白吃的苦。

感谢此生经历了如此丰富多样的小工生涯。

一抹青花醉荷塘

> 手记：时值辛丑，疫情突发。每天所能做的活动，只是在屋后的钵池山公园边上走一圈，其实主要是绕着园内的荷塘边走走。公园没了往日的热闹，静谧沉寂，唯池塘里的残荷连着倒影，风雨前，阳光下，融雪间，一如既往，以各式各样的姿势，招呼我，引发阵阵遐想。

荷塘，可以说是摄影人永恒的缠绵萦怀。夏日的婀娜，秋冬的枯凋，浩浩乎若泛滥，飘飘然任"拍烂"。台湾同胞吴景腾坚守春夏秋冬的荷塘，一拍就是三十年。并与诗人欧银川合作，出了本诗情画意共美的《人生如荷》，真的令我羡慕赞叹不已。

而我，这个冬天里，全景、特写，林林总总，也拍了几百幅。

对这眼花缭乱的枯荷做后期加工，如何来表现菡萏香消零落的凄美？如何才能找寻出一种独特的表达形式？真的有点为难我，站在窗前，放眼雨过天晴的远处，熟悉而又陡然有些陌生的天空。瞬间，让我想到了至爱的青花铜瓶。是呀，在杭州的江南朱家铜屋，曾看到朱炳仁大师用青铜将青花瓷完美复刻，那形态，让我震撼。若将这残荷也用青花铜瓶相似的手法来表现，会是什么感觉？

这样边拍、边做、边思考。最终通过电脑后期加工，形成了这四张一组满是"青花味"的《荷塘四季》。

如何题图，首先跳出脑海的是苏轼的诗："春江水暖鸭先知"。对，

摄影作品《荷塘四季》

这冬日荷塘的春讯也应是鸭先知，有了首句，顺着几句即出，然后发给了市诗词协会荀会长品鉴。

会长大赞，随即作首七绝《题章侠女史摄〈荷塘〉》：

失手波斯染料倾，何期欣见柳成荫。

青花谬说新潮画，孰知荷塘出镜心！

他提议，将四幅图的题句，可联成诗，会更有意思。

真是好创意。

我左思右想，凑成了一首七绝：

荷塘春讯鸭先知，芭蕾翩跹舞荷姿。

乐伴枯荷听落雨，芳华留梦和瑶池。

一首七绝，将四幅满是"青花味"的《荷塘四季》又联成篇。真美！

近日正临疏淡秀雅、宁静孤高的明人王宠小楷，试以王体书写，再加上红色的名章与闲章，经电脑软件操作，题于图上。别有一番意趣。

欣赏着诗书画印共美的作品，回忆着作品的形成过程，不无快乐。

咀嚼着荀先生的诗意，兴情所至，步其韵亦作七绝：

不期欣见柳成荫，只盼云烟雨后临。

惊艳这般温婉色，荷塘满落引诗心。

真的从心底感谢爱上了摄影，不然生活中许多美好细节，都会在我的淡然中溜走，摄影让我留住了许多。将我对文字的喜好，对诗词的喜好，对书法的喜好，在不知不觉中无缝对接到一起。越发觉得，生活处处都是美好。

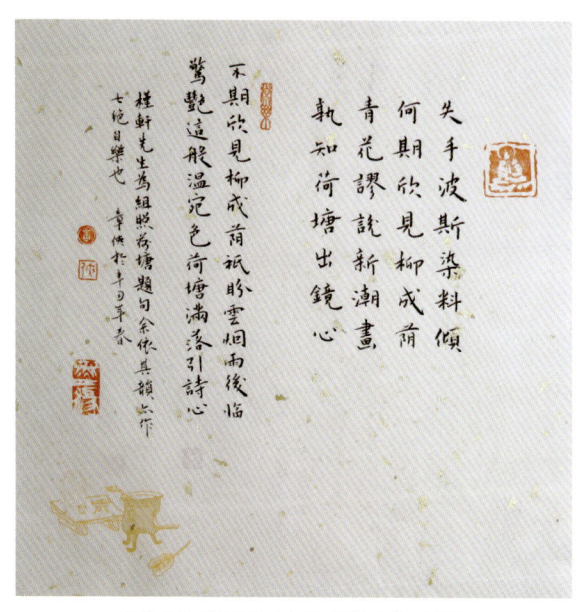

小楷作品《题章侠女史摄〈荷塘〉》及和诗

陶然其中手余香

退休了，无职一身轻。可没过多久，就有了一个新职位："清江浦人家"的小编。这职位既非上级任命，也不是群众选举，应算是自封的。

四年前，几个好友凑一块相约做个微信公众号，讲述清江浦人自己的生活、过往、思考、苦难与快乐。议来论去定下个名字，很接地气地叫"清江浦人家"，主旨十个字："叙百姓日常，呈运河万象。"还请动了书法家庄辉给题写。陈建洪老师设计了标识：天蓝色的线条画出老清江浦楼、四水穿城，"清江浦人家"几个字穿于其中，简洁大气。"清江浦人家"微信公众号，就这样开张了。

愉快的退休生活

从此，每天看稿、编辑、配图、发送……成了我生活的一部分。让我闲适的退休时光，多了一份责任，散淡的日常，添了一份牵挂。

小编，大家都知道，是为别人作嫁衣的活儿，许多朋友包括家人都不解，没领导布置，又没经济收入，何必呢？有那时间，干点什么不好，用地道的清江浦话说是："没牢找锅腔蹲。"

似乎有道理，细想其实也非全是，事实上，在千针万线缝制这些"嫁衣"的过程中，还是有很多享受的，不然怎么可能乐此不疲地一做就是几年呢！

首先，有先睹为快的好心情。好心情，你说，这对退休老人来说是多么重要，每天泡杯香茶，伴着音乐，打开邮箱，若是读到一篇优秀的稿件，真的有尽快将其分享出去的冲动。分享后还关心留言写了什么和有多少阅读量，看有多少读者与我的感受相同，这种感觉，不经历一次，是很难体会的。

其次，在这读图时代，好的文字再加上相应的美图，那是多么赏心悦目。关于文字配图，对我这个也算是搞摄影的，算是长项。遇到那些歪的斜的，模糊不清的，文不对题的图，总要精心修饰一番，让插图也对得起文字。若哪个读者感叹："这图配得真好，与文字相得益彰。"我小小的虚荣心，便会得到大大的满足。

还有，配好图的前提，就是细读文章。这几年读下来，还真的让我这个数学教师对文字的敏感度，大有长进，这也算是无心插柳的收获吧。

当然，也有生气不想干的时候，曾遇过一个晚上四个小时，接连精心做了三篇稿都没发出去。因为我们平台要求是原创首发，而有的写作人，偏喜欢"一女多嫁"，弄得我人都快崩溃了。再想想，也许是人家不了解咱们的规则吧。好在现在随着人们对平台的了解，这种现象越来越少。我的编稿心情，当然也随之越来越好。

除了编文分享的快乐，发文后的快乐更多。例如，由于一篇篇忆旧文章的分享，让多年没有联系的老同学、老邻居、老熟人又重新联系上，

"清江浦人家"团建合影

在留言下互动，你说多么温馨！还有一些读者，从留言开始，慢慢也变成了作者，看着一个人的文字成长，那种快乐，真是无可言喻的。有个作者因为在"清江浦人家"发稿，优美的文笔被一家企业看好，因而收获了一份新的工作，你看，这平台还兼有了人才推介功能。还有更神奇的，陈洪玉主任的《千里姻缘一线牵》那篇文章，让远隔几千里，只有一面之缘的两个人，十数年后，竟然在"清江浦人家"得以重逢，这是多么不可思议的事。

记不得哪个名人说过，要了解一个城市，不是看它有多少高楼大厦，而是要看老百姓如何生活。我想说，要想了解清江浦人的生活，那你就来"清江浦人家"转转，一定会让你有收获。

现在各种各样的微信公众号多如牛毛，让我们庆幸的是我们"清江浦人家"坚守着自己独特的风格，得到了越来越多的人的关注、喜欢甚至参与。全国一百五十多个城市，都有朋友在关注着这个平台。一次一个外地朋友回乡，认真地对我说，在他乡，最多的就是通过"清江浦人家"，了解家乡的过去与现在的。这话让我顿时产生了一种自豪感与使命感。看来这小编还要好好当呢，马虎不得。不然于读者与作者，于家乡与远方都不好交代了。

秋来春去每天忙，编辑图文巧更妆。

若问小编何乐在？陶然其中手余香。

做个称职的"清江浦人家"小编，这应是我退休生活一个不错的选择。感谢每天关注、分享、留言、投稿的读者与作者，让我和你们有缘在"清江浦人家"相逢，聊山河远阔，谈人间烟火，呈运河万象，我们与快乐同行。

阅读需要仪式感

小心地剪开塑封，展现在我面前的仿佛是一张旧报纸，包着一块方形糕点，中间是一张大红纸贴。纸贴上方是"天官赐福"图，天官手中拿着的赐福帖上写的是"清江浦"，下方是老式宋体写的"清江浦老字号"。

这画面，让我瞬间想起儿时在茶食店买糕点的情景。老板娘熟练地用油纸折叠包好糕点，再加张报纸封上，然后贴上大红方纸，扎上细草绳，让我拿好。大红纸上是店面记号，及广告语和吉祥话。

《清江浦老字号》

我特喜欢这种包装，朴实、简洁，透着喜庆和兴旺劲儿。

谢谢书籍的设计者，如此巧妙、直接地将"老字号"的信息传达于读者。

我轻轻地沿图旁的锯齿撕开，打开这张旧报纸，一面是清江浦的老地图，下面是带点老魏碑味的楷书，写着明代姚广孝的诗，其中"襟吴带楚客多游，壮丽东南第一州"可是淮安的城市名片哦。

报纸反面的内容就更丰富了，自晚清、民国到新中国成立初期，

沿图旁的锯齿撕开

不同时空中的广告、招牌、标语、花边新闻……书中的老字号，都在这张报纸上先亮了个相。

瞧，右下角有王瑶卿的表演告示，有他的名言："你学人家，学得好死了也是老二，到不了第一。"这旦角木刻，也是晚清风格。呵，还有个防小偷的提醒："戏院门前看画片，须防妙手空空儿。"有趣。还有还有，还有《清江浦画传》《大闸口画传》的相关信息。

一张包书皮，足足吸引我二十分钟。书还未展，对故乡的亲近，对老字号的敬畏已由心而生。此时像是完成了一种仪式，对书的内容充满期待。

都说生活需要仪式感，电影《小王子》里说："仪式感就是使某一天与其他日子不同，使某一个时刻与其他时刻不同。"其实读书亦然，东晋王羲之有诗："把酒时看剑，焚香夜读书。"说的就是他读书的仪式感。《清江浦老字号》以这独特的拆开包书皮开始，让我们有了阅读的仪式感，延伸着我们读书的幸福感。

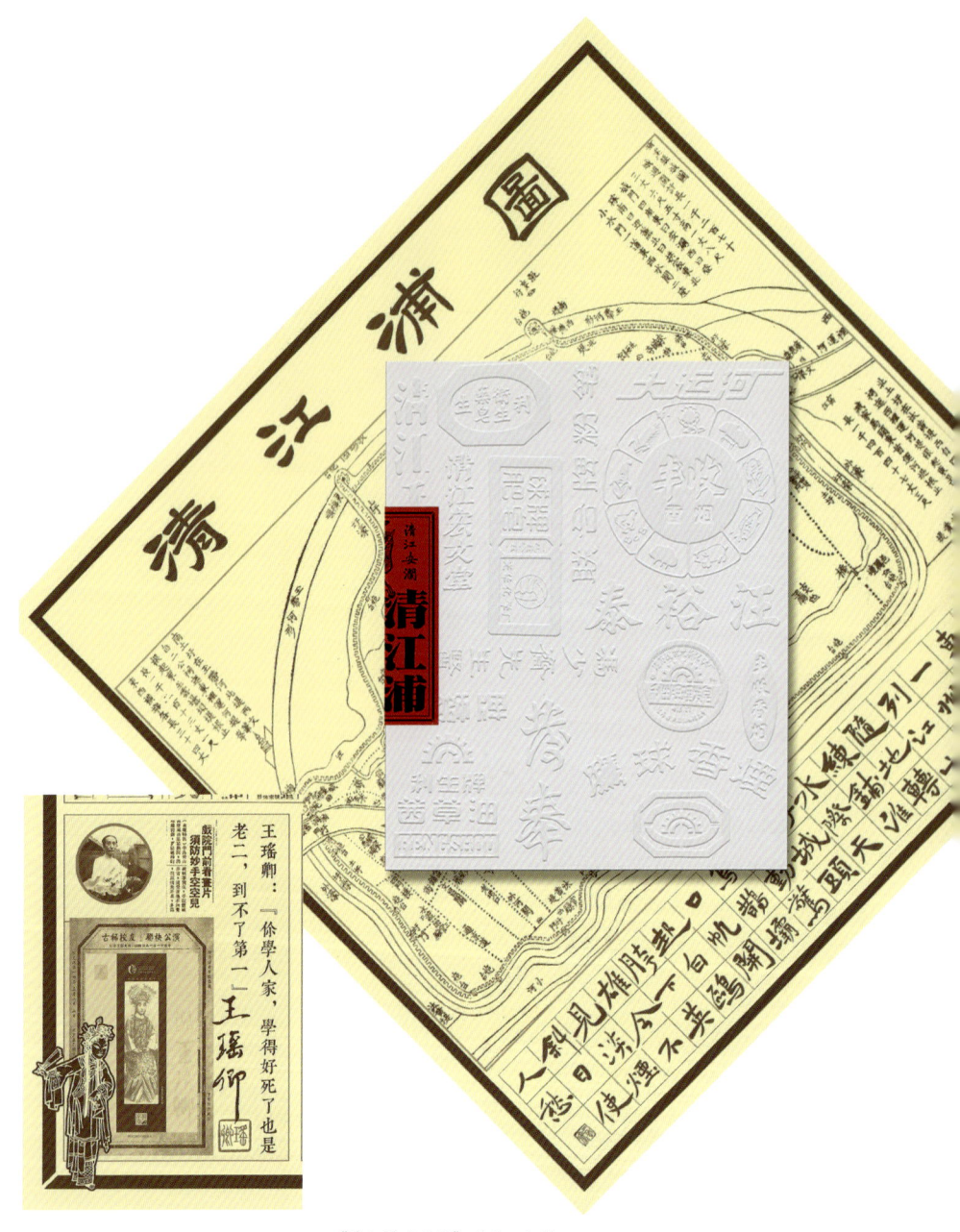

《清江浦老字号》封面、包装

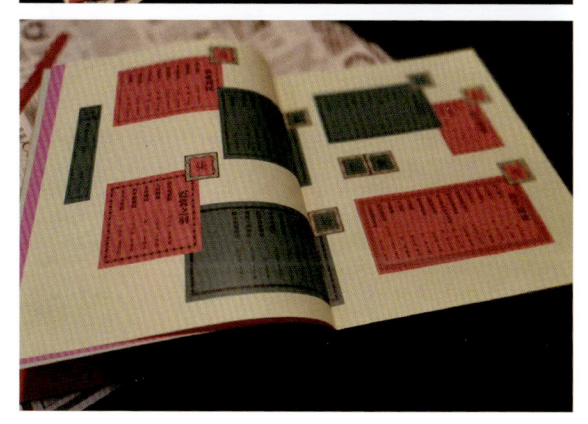

《清江浦老字号》的内文展示

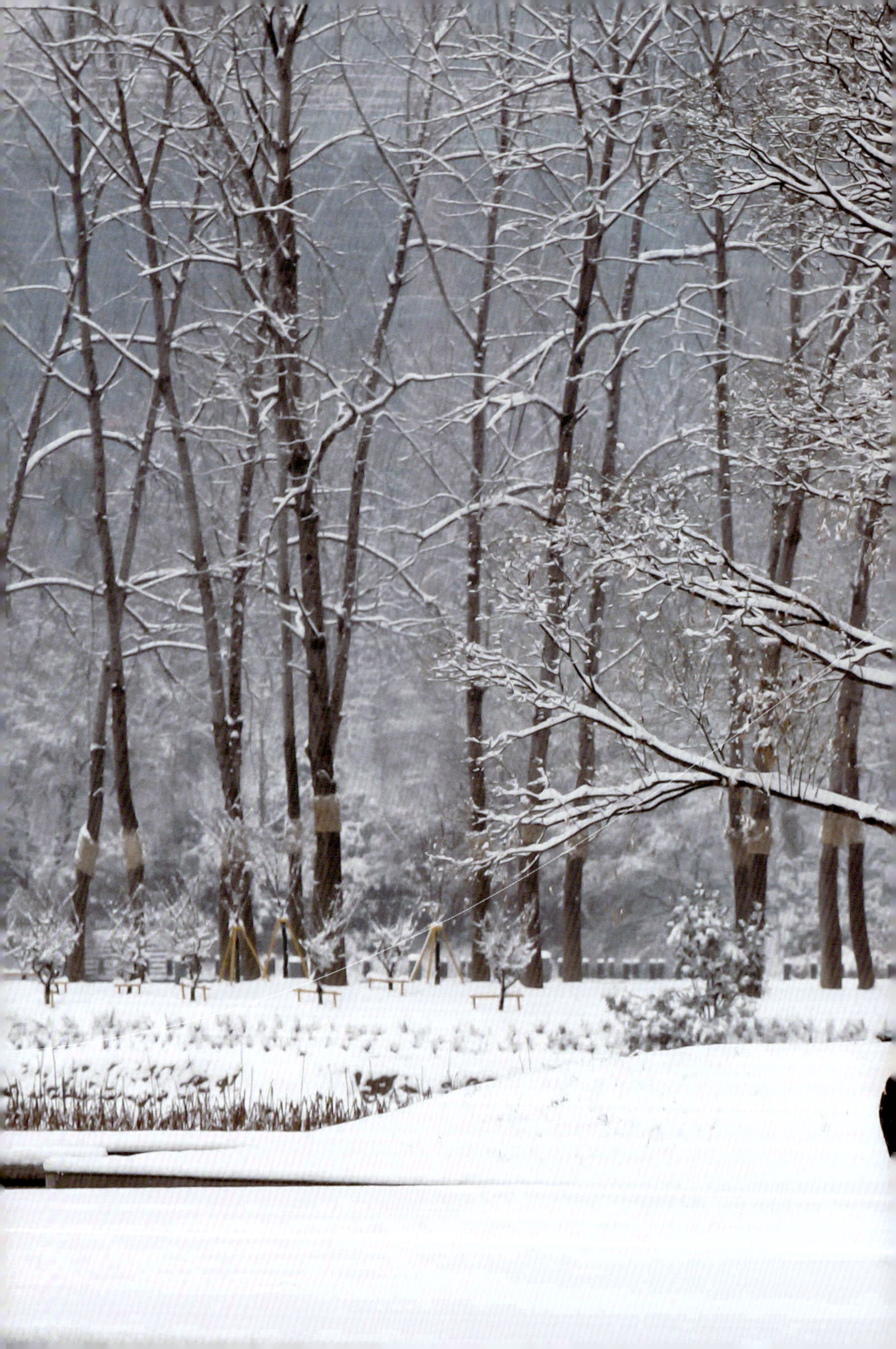

二 燈火可親

亲情友情,是上苍最珍贵的馈赠。灯火可亲,伴随着运河的桨声,摇曳着岁月的静好,留下淡淡的馨香。

妈妈的诗与远方

> 手记：六月六，清江浦的习俗是吃炒面，于我这一天还多一层意义，这一天是妈妈的生日。而今年的六月六则是她的八十八岁生日。谨以此文献给米寿的妈妈，并祝老人家健康长寿！

妈妈是地道的清江浦人。

1932年，她出生于运河边一个还算殷实的家庭，住的是传统的两进院的二层小楼。一大家子依托着运河的繁盛，为南来北往的人们做着代客买卖的生意。

妈妈在家是老大，祖父很喜欢这个大孙女，依家谱起名，属士字辈，第三字应为木字旁。即给选了个桐字，取自《礼记·月令》"季春之月，桐始华"，名为：陈士桐。很小时，就送她到隔壁的私塾认字。八岁时，又被家人送至离家不远的铜元局小学读书。老师见这女孩能认识那么多字，就让她直接上了二年级。

学校与私塾是两回事，学的科目很多，有语文、数学、修身（思政）、写字（书法）、体育、音乐、日语等。妈妈至今都记得，班主任姓李，教语文，是北京人，一口京腔，很好听，同学们都喜欢她。数学老师姓刘，对学生比较严厉，每次数学考试错了一题，就要用戒方（尺）打一下手心，同学们都怕他。校长姓侯，教修身，也就是我们现在的思想政治课。

妈妈（右一）与朋友

妈妈还记得一次，班里一个女同学开小差，校长让她跪在凳子上听课，直到下课。

一个班有四十来人。同学们大都是住在附近的邻居，像陈瑞芳、刘冰姊妹俩、陈乃珍、江南英后来都是同妈妈往来了一辈子的好朋友。

只是，那时的清江浦，因接连不断的旱灾、水灾，再加上军阀割据，老百姓的生活陷于水深火热之中。妈妈家的生活也因此慢慢趋向贫困，偏偏此时她的肾出了毛病，中医治疗一段时间，不见效，浑身浮肿，眼看就快不行了。隔壁邻居陈大先生见之，催家里赶快送她到不远的仁慈医院试试西医。可这时，家里已拿不出钱治病了，陈大先生顾不上这些，救人要紧，将妈妈带到仁慈医院，告诉医院病人的家中困难。医院二话没说，让陈大先生做担保，登记住院。这样，经过近一星期的精心治疗，妈妈终于恢复了健康，医疗费用也由医院承担了。仁慈医院当时这种根据病人家庭经济状况酌情收费的安排，真的救了不少穷人的命。至今，妈妈说起来，仍心存感激。

1944年，母亲小学毕业后，顺利考上了附近新办的同仁中学（后改为江北中学）。刚上一年，淮阴迎来了解放，学校整体南迁，学生愿意的话，都可跟着走。这时家里也拿不定主意了，外婆带着妈妈，去了不远处的福神庙求签听天意，三拜九叩，结果抽的签为："不走为上"。

这一签，决定了妈妈在清江浦的一辈子。

如果……可人生这趟单行列车没有如果。多少年后，妈妈讲起那些当时跟着学校南迁的同学，仍心存羡慕。

1949年新中国刚成立，急需人才。妈妈她们，当时算得上有文化的年轻人，有了用武之地，大家都以极大的热情投入建设新中国中。

1950年经小学同学陈乃珍的介绍，妈妈到大桥口小学做教师，从此，开始了她一生的小学教学生涯。

在校园，经同事牵线，妈妈认识了当时在教育局工作的父亲，一聊，两人还同是铜元局小学的校友，再加上共同的教学、理想话题，有说不完的话。穿上时尚的列宁服，经过简单的仪式，两人即走到了一起，那年妈妈才十九岁。

结婚的第二年，大姐出生了，妈妈接二连三又生了四个孩子。这么多的孩子并没影响妈妈的教学热情与教学成绩，个性好强的妈妈将孩子与家务一并交给了我的外婆，一头扎在了教学中。教学成绩当然一直名列前茅。

1962年响应毛主席号召："知识分子必须与工农群众相结合。"作为学校培养对象，她与人和小学的毛宗琴老师一起，代表全市的教师，在市西郊公社革命大队，与贫下中农同吃、同住、同劳动整整一年。这一年的生活、劳动，给她一生留下了难忘的印象。重要的是培养了她吃苦耐劳、知足常乐的优秀品质。

妈妈的旧照

"文革"时，父亲被打成"坏分子"，和我们一起生活的外婆十分不解和害怕，妈妈只能别无选择地挑起了家里家外的一切重担。为了全家老少，她尽其全力，她像老鸡护小鸡似的，保护着家中老小的正常生活。

　　1970 年，爸爸调至二中，妈妈也调至离家较近的人民小学。一直干到 1989 年退休。

　　在人民小学的二十年，妈妈一直在教学一线，做班主任、教毕业班就占了十五年。20 世纪 70 年代末，那正是开始抓教学质量的年代，她在学校，对学生要求严格，是出了名的。所以，教学成绩也很突出。最难忘的是 20 世纪 80 年代初的那一届，与教数学的余茂友老师搭班，她教语文，任班主任。全班五十来个学生，全市的升学考试中，竟有四十五人考上淮中，仅剩的几个也考上了清中。这是她教学生涯中，教学成绩最好的一届了。可以想象，这成绩的背后，她为学生付出了多少精力与心血。学校对她的奖赏是，把那年教育局给学校唯一一个暑期疗养的名额给了她。这让她在杭州西湖疗养院轻松惬意地度过了二十天，也是她这生中最为舒适的二十天吧。

　　从理论上说，1987 年妈妈就该退休，可校长不舍，又留她干了两年。1989 年，因身体原因，她才不得不离开了她站了一辈子的讲台。

　　回归家庭后，妈妈又将全部精力放在了第三代的"后勤保障"上，每天给孙子、孙女做饭，老爸负责送饭，还到加拿大帮妹妹带了一年孩子。这样又忙至孙辈们上了大学，这时妈妈已六十五岁了。

　　稍作休整，妈妈又与爸爸一起跨进了老年大学的校门，做起了学生，学声乐，参加合唱团，跟着学校组织的团队，去云南、贵州、新疆，将年轻时未去过的地方，走了个尽兴。她和老爸应是老年大学年纪最大的"留级生"了。

妈妈与爸爸共舞

  光阴似箭，日月如梭，到今年，妈妈在清江浦已度过了八十八个春秋，经历了苦难的旧清江浦，参与建设了美好的新清江浦，现在，仍在清江浦过着她的幸福晚年。

  母亲这一辈子，说起来挺简单，只生活在一个地方——清江浦，只做了一件事——教书。同时，又很丰富，在清江浦，走到哪儿，都会遇到她的学生，那是她的骄傲与幸福。

  对于妈妈，清江浦，是眼前的生活，也是心中的诗与远方。

鼓声常在梦中寻

老爸新年一过就九十三了，阿尔茨海默病，让他将过往已"磨"得差不多了。但只要提起"打腰鼓"，他那近乎混浊的双目，立马放光，沉浸在幸福的回想中。

1948年下半年，国民党军队刚溃退，城里不时还有枪响，天上敌军飞机还在撒传单。不到二十岁的他，就跟着两淮市教育局的王寿浩，动员周边的教师回学校，组织已停课多时的各小学复课。第一次教师会是在东大街原银行的小楼上召开的，市区总共还不到四十人。到1950年，全清江区（现清江浦）小学教师，也只有六十四人。

组织上送他去驻军文工团学习打腰鼓。学成后，他当即争取了当地商会的支持，由商会出资，去淮安河下街上，置办了三十多套腰鼓、大镲、威风大鼓和色彩鲜艳的服装，以纪家楼小学的学生为主，成立了清江浦第一支腰鼓队（也是淮阴市区最早的一支腰鼓队）。他每天除了上课，便是没早没晚地带学生们操练。

刚解放的淮阴城很小，所谓市中心，也就是东大街到西大街：花街、闸口、河北路到水渡口东长街这一带而已，其余就是圩外农村了，市区加农村人口总数也就是五万人左右。东、西大街很窄，用长条石铺就的街面连两辆平板车交错都不宽绰，更谈不上走汽车了。由于街面窄，街南街北商店的店员聊天就像在院子里对话，街南街北的商店柜员互相敬烟，只轻轻一甩就算招呼了。

鼓声阵阵，给这个百废待兴的小城，带来勃勃生机。新中国刚成立，各种新政策宣传活动很多，这些活动，有了腰鼓队的参与，老百姓更易接受。可以说，纪家楼腰鼓队从成立那天起，为新清江浦的建设，发挥了很大作用。

欢庆新中国成立一周年的那天，淮阴城里东、西大街上空全部用红布搭成彩棚，人人脸上喜气洋洋。从一大早开始，街上一阵阵的锣鼓声就响起来了，当纪家楼腰鼓队出现在街头时，欢庆的氛围达到了高潮。"咚嗒、咚嗒、咚咚嗒、咚嗒！"鼓点齐整、动作划一，加上服装艳丽抢眼，赢来市民阵阵热烈的掌声。腰鼓队边行进边表演，爸爸拿着大镲在前面指挥，威风大鼓紧跟其后，队员们也抖擞精神，动作格外轻盈潇洒。行进到街面稍宽点的地方，随着他的示意，腰鼓队就自动走成一个圈，表演和鼓点也有了变化。时而行进点、跃进点，时而舞出风摆杨柳、百鸟朝凤、雨打芭蕉等舞姿；时而热烈，时而优雅，再配合了快板书、小歌舞等表演，看表演的群众跟了一路。商家看到腰鼓队在店门口表演，还出来放上一挂鞭炮，更是赢得满街的叫好声。那场景，仿佛就是昨天。

这张发了黄的老照片，是当年纪家楼小学腰鼓队在淮阴地区腰鼓比赛获得第一名时的合影。

清江市纪家楼小学校腰鼓队

几年前，看着当年照片上腰鼓队二十五名小队员的身影，他还能唠叨地细数着当时的一些趣事。如今，也只晓得这是腰鼓队合影了。

20世纪60年代初，老爷子调至市一中，在校领导的支持下，他又在一中学生中组建腰鼓队。每个年级都组队，参与的同学很多。再加上学生个头大了，体力、领悟力都强，既有队形变化，又有鼓点变化，艺术性也强多了。每逢大型活动，百人组成的腰鼓方阵，很有气势的。人民剧场刚建好时，组织各单位文艺表演，一中就推荐了腰鼓队，精彩的表演轻易就拿了个大奖。学生们也在敲鼓的同时，锻炼了肢体的协调性，增强了音乐的节奏感，更重要的是学会了相互配合，增强了团队意识。

当时，我们家就在校园里，也就自然成了腰鼓队员的休息点，学生们累了、渴了，都会来我家，有的更干脆，将腰鼓做上记号，就放在这儿。外婆每天下午，看看时间差不多时，定要烧一锅开水凉着，以防孩子们急了要去喝生水。

清江一中一甲班腰鼓队留影

如此的热闹，直至"文革"后，这群打腰鼓的学生们随着上山下乡的大潮，去广阔天地大有作为，方才歇下来。

1970年，爸爸调到市二中工作。他又满怀激情地向领导提出，组织个腰鼓队，丰富学生的课外活动。可当时领导不喜欢，嫌鼓声太吵。那时二中的篮球队，可是全市出名的，特别是女子篮球，那绝对是杠杠的。

领导的拒绝，让老爸颇为失落与无奈。生活中，听不到腰鼓声也让他少了许多乐趣。据说，一中的腰鼓，后来在段安贵老师的指导下，又坚持了几年。再后来，学校忙于各种素质教育，也顾及不到这传统的小腰鼓队了。

前些年，老爸还对我说，他很想自掏腰包，将清江浦的腰鼓队恢复起来，我以为他只是说说，没接他的话茬（现在想想，真有点后悔）。

2019年陪二老外出游玩，在安徽小岗村，听村民唱凤阳花鼓，老爷子还有些不屑地说："这小鼓，哪能与我们清江浦的腰鼓相比呀！"可以见得，那腰鼓声声，早已深深刻进他的大脑深处。

看展的爸爸

  前些日子，陪爸妈看画展，爸爸在一幅画前驻足半晌：画面上是一老人坐在椅上睡着了，画名为《夕阳下》。其实，现实中的老爸也是如此，别说是夕阳下，任何场合，只要坐下三分钟，一定会进入梦乡。我用相机定格了这个瞬间，并写了一首诗：

    夕阳满院鸟声勤，椅上何堪睡意临？
     我与老人怜相似，华章只在梦中寻。

  现在回头看，我还并不完全了解老爸，华章与他有啥关系？画中老人想什么，他不知道。只是他的梦中，最多的应是清江浦的腰鼓声吧？鼓声常在梦中寻，这才应是他的所想所思呢！对，诗应写为：

    夕阳满院鸟声勤，椅上何堪睡意临？
     我与老人怜相似，鼓声常在梦中寻。

我是外婆带大的

因为爸妈工作都很忙，我们家姊妹五个，都是由外婆操劳带大的。当我最小的妹妹上小学后，外婆提出要回老家过些轻松日子，妈妈不放心，让她从五个孩子中挑一个带着打打岔。她毫不犹豫地挑了我，这个平时总喜欢跟着她在锅前灶旁转的小四子。

外婆可是我心中的女神，她不像一般老太婆梳髻，而是齐耳短发，蓝士林布的上衣，无一丝褶皱，干净利落。听妈说，外婆年轻时可是石码头一带有名的大美人，这我坚信。当然，最神奇的是，再普通的食材，只要经过她的手，都能做出美味佳肴。哪怕就是豆腐渣，经过她一弄，定会让你终生难忘的。我看着她，先用少许油（不舍得放的）放在锅里炸会儿葱、姜，再轻轻放下豆腐渣，用小火慢慢炒香，然后用面剂将其包起，从中央到四周均匀按平，让馅一直到边，再用铁锅烙得两面微黄，那香味我记忆至今。

春天，外婆会带着我去不远的农田边去挑荠菜，她教我辨认，教我如何用刀。回家后，先整理、洗净，用开水烫一下，再切碎，加点干丁，还会加点油渣，用这样做的馅料包饺子、包饼。

放暑假时，外婆会带着我去更远的郊区挑马苋菜，有时还带着饼和水，挑一天，满满一大篮筐。回家后洗净，用开水烫后晒干，留着过年做包子馅。

我快乐地和外婆一边做着这些事，一边听她讲故事：乾隆皇帝微服私访下江南，到淮安有点饿了，走进一农家讨饭吃。农妇从地里摘了点菠菜，与自家做的豆腐一起烧，问菜名，回答说："叫青樽白玉盏，红嘴绿鹦哥。"龙颜大喜，这普通农妇不仅能做出如此美味的菜肴，还能取出如诗般的菜名。听得我都为自己是淮安人感到骄傲。

现在回过头来看，我的文学启蒙老师该是我外婆。

和同龄老人相比，外婆很自豪，因为她有着自己的名字，叫石秀英，而不是陈石氏。外婆不识字，这是她这一生的遗憾。我就成了她的小老师，先从布票、粮票各种票上的字学起，然后是些简单的常用词，许多字只教一遍她就记住了，到后来，她也能连估带猜地看看报纸，看看小人书。她总是不断夸我："四子以后会是个好老师。"

外婆就是这样，再艰苦的生活，她没埋怨，不将就，而是尽自己所能将日子过得有滋有味。这种乐观的生活态度，影响了我的一生。

直到我要上中学了，才被父母接回来。当然，到了周末，我一定要回外婆家的，我知道，外婆一定做着我喜爱吃的饭菜在等着我。1975年高中毕业，我下乡务农，去得就少了。

一天，我在田里劳动时，突听乡亲们喊我："章侠，有人找你。"抬眼望去，我惊呆了，是外婆，挎着个小竹篮，用白粗布盖着，里面是我最爱吃、她最拿手的黑芝麻糖饼。我真的感动了，要知道，从外婆家到我们生产队至少也有十里八里的，真不知她那被裹过的小脚是怎样挪过来的。她却笑眯眯地说，想你一定嘴馋了，特做点带给你解解馋。是啊，这得是多深的一种牵挂，还没吃，我已甜至心底了。

外婆

如外婆所愿，1977年刚恢复高考时，我考上了淮阴师院。1981年我刚分配到中学当老师，想好好孝敬她老人家时，她却病倒了。先是肺炎，后又积水。那时，我工作之余都是在医院度过的。给她喂饭、喝水、洗擦、插尿管、插氧气管。每每我忙碌后，她稍舒服点，就会轻轻地告诉同室病友："这是我孙女，我一手带大的。"语气里充满了自豪。外婆的精力越来越差，最后提出要回家。

那天下午，我上完两节课赶紧回到我熟悉的老屋，这时外婆已失去了知觉，我跪在她的床前，声嘶力竭地喊着："阿奶，四子来了。"半天后，她的两片干枯的嘴唇抿了一下，眼角流出两行泪水，永远地离开了我们。那时，她才刚过七十。

这一幕深深地定格在我的心灵深处。

三十多年过去了，那情那景，历历在目，仿佛昨天。今天写至此，我仍不能自已地泪眼婆娑。

灯火可亲

平凡的外公

外公家过去是清江浦有名的油号，在大运河畔，依着繁忙的运河，为南来北往的客人，兼做着代客买卖的生意。那块"正大油号"的牌子，一直到"文革"时被毁。

外公的父辈弟兄三人，到他这一辈，就只有他这唯一的男丁，家族对他的期望很大，给他取名栋云。可惜他因患小儿麻痹，腿有些跛，家中送他去学中医，和著名中医冯少斋是师兄弟。都道中医是三分医道七分表述，然而他口拙，这肚里有货道不出，使他的"陈氏门诊"门可罗雀。

新中国成立后，他干脆弃医，选择了到淮师门口的小卖部站柜台以谋生。平时他就住在店里，周末才回家。我常受外婆指派，去店里给他送吃的及杂用。每次去时，他都会从糖罐里拿两块小糖算是奖励我，但一定顺手放两分钱于钱柜（当时小糖每块一分钱）。不能拿公家的一块小糖，这是外公用他的行动告诉儿时的我做事的准则。他在这小店一直干到退休，大家对他的评价很高。公司领导说陈老爹的账，绝对免检，查了还会多点钱，那是糖块整进散卖的溢余。教工、学生对陈老爹的感情更深，他的小店更是师生们邮寄物品、家里朋友递送物品的临时存放处。

退休后，外公的主要生活也就是看看报、写写字。外公的字属童子功，特别是楷书写得很耐看的。在我的记忆中，每年10月他就开始买红纸，买大瓶墨汁，开始写对联，内容大都是吉祥语"天增岁月人增寿；春满乾坤福满门"之类，还会写些与时俱进的"时尚联"。春节前除了送与左邻右舍、亲戚朋友外，其余的会拿到市场去卖。从两块钱一副，卖到五块、十块，很热销，钱虽不多，但老人家挺高兴的。当然外公最拿手的是他的小楷，那可是真正的蝇头小楷，这或许得益于他学中医抄处方时的功底吧。

也许外公将他所学的中医知识都融入了自己的日常生活，直到九十岁时，他仍耳不聋、眼不花，精神矍铄。他九十岁生日时，我送给他十本宣纸信笺，两大瓶"一得阁"墨，还有几支小笔。没想到，他用了近两年的时间在这些信笺上抄写了全本《古文观止》，还连着旁边小的注

外公

我们姊妹五个和外公

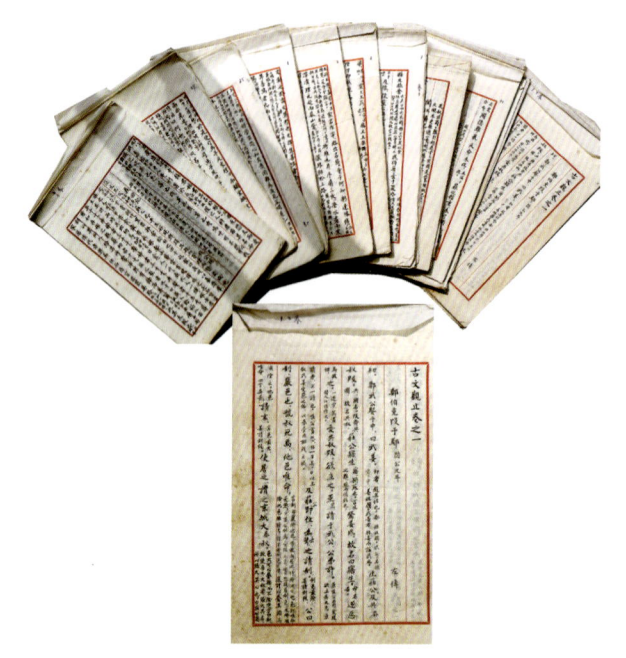

外公留给我的手抄本

释，又回赠于我。真的让我感动，你说这要多大的功力与耐心。

外公爱抽烟，却不舍得买好烟。我工作后，逢过年都会买两条"一品梅"给他。在他看来就是上等好烟了，平时不舍得抽，留着招待客人。直到九十三岁时，他不想再抽烟了，不久，他安然地离开了人世。

外公走了，他留给我的这手抄本，成了我对外公的唯一有形的念想。平时每当我想他时总会拿出来看看，也会提笔写写，日久，小楷写得也有了点模样。每当别人夸我小有进步时，我更加怀念我的外公，一个讷言寡语、知足平凡、可敬可爱的老人。

是的，外公这一生太平凡了，没有像家里期望的那样成为栋梁之材，但他敬业认真的工作态度，知足俭朴的生活习惯，却都成为我们这些晚辈宝贵的精神财富。

小楷换得麦饼香

大暑的日子里，无闲事缠身，将空调调到适度，展纸临帖，亦为件快事。

近日临的是王宠小楷《游包山集》，是先生携友游包山所作诗句，并用小楷抄录，赠予友人。用笔圆润拙朴，结体宽绰，姿态横生。这种闲淡超逸，正是我当下的生活状态。吟诵着一首首至美的五言绝句，感受着先生游包山时的心境，享受于诗韵墨趣之中。

间隙，想起正在暑假中的好友一犁老师，微信发了一张咖啡表情图，问：忙啥？即得回复：一脸面尘，在烙饼。并告知：农村老家给了点"连麸倒"面，天热怕坏，趁闲抓紧吃了。"连麸倒"三字瞬间击中了我。已多年没听人说起这词了，立即勾出了我的馋虫。

第一次知这三个字，是1975年7月，我下放农村劳动，正值麦收后，生产队分的口粮就是几笆斗的麦子，拿点去队里的机米房连着麦皮碾成面粉。我在老知青的指导下兑水和面，烧开锅，沿着锅沿贴上，还放了一块从供销社买回的油渣饼一块烧黄芽菜。那菜香，那饼香，劳作后的晚餐，真是当今一桌酒席不敌的。

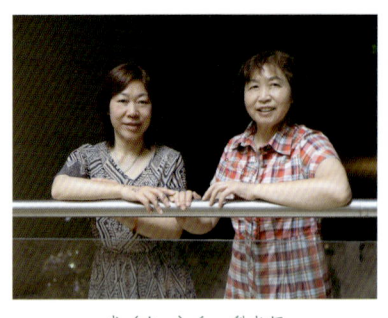

我（右一）和一犁老师

顾不得平日里的矜持，连忙回道：给我留点。还缀了句：用小楷换，她大笑：你也喜欢，我像是找到了知音。一定的。

其实早就想写幅小楷于友，只是以等再写好一点为由，懒于动脑。现在有了动力，忙找纸，就用我近临的王宠体，写了苏轼的《记承天寺夜游》，并用朱砂标点，既好看又好读，自觉不够，接着仍用朱砂跋道："信笔写就，缘于胸中流淌，区区八十五字，月色之美、竹影之明、好友之情溢于字里行间。清丽抒徐，沁人心肺。阡陌人世，其友甚多，有几人可于半夜招与闲散于月下耶？"

第二天我们相约一不远的小吃店，她带着饼，我带着字，每人一碗鸭血粉丝汤，伴着这香味扑鼻的连麸倒面饼。我们边吃边聊，从文学、书法，到老公、孩子，从教育、改革，到裙子的漂亮、包的美。随性随心，轻松愉快。

是啊，这小楷换来的何止是饼香，还有我难忘的青春记忆，及这深厚亦平淡的友情。

小楷作品《记录承天寺夜游》

一花一天堂

癸巳夏日，看了木公先生几组关于莲花的专题摄影作品，真是一花一天堂。风莲雨莲，残莲雪莲，运用不同的技法，将莲的精神气质表现得淋漓尽致，既给人以视觉惊喜，更让人心灵颤动。说实话，没有对莲的执着的爱和领悟，没有深厚的拍摄功底和文学修养，是拍不出如此超逸脱俗、充溢禅意作品的。让我不由想起宋代周敦颐的传世名篇《爱莲说》，仿佛即为其所作。再想到先生新装潢的漂亮幽雅的书房，若有此名篇点缀，那是最适宜不过了，随即产生了一个念头，用小楷写出送给先生以表仰慕之情。随即找了几张半生宣小镜片，恭恭敬敬用小楷书写了几遍方才满意，并在后用小行书将此心境予以长跋：癸巳夏月，欣读木公先生莲花主题摄影作品数组，卷舒开合，禅意其间，让人不舍移目，足显先生于莲爱之深，悟之切，达到了拈花一笑的境界，吾今恭录宋周敦颐传世名篇爱莲说，亦表仰慕之情，顺慰敦颐先祖，莲之爱其后人木公更甚也。写完后，盖上大大小小的闲章，使小镜片多了几许生气。随想若能配张莲花作品应更好吧。

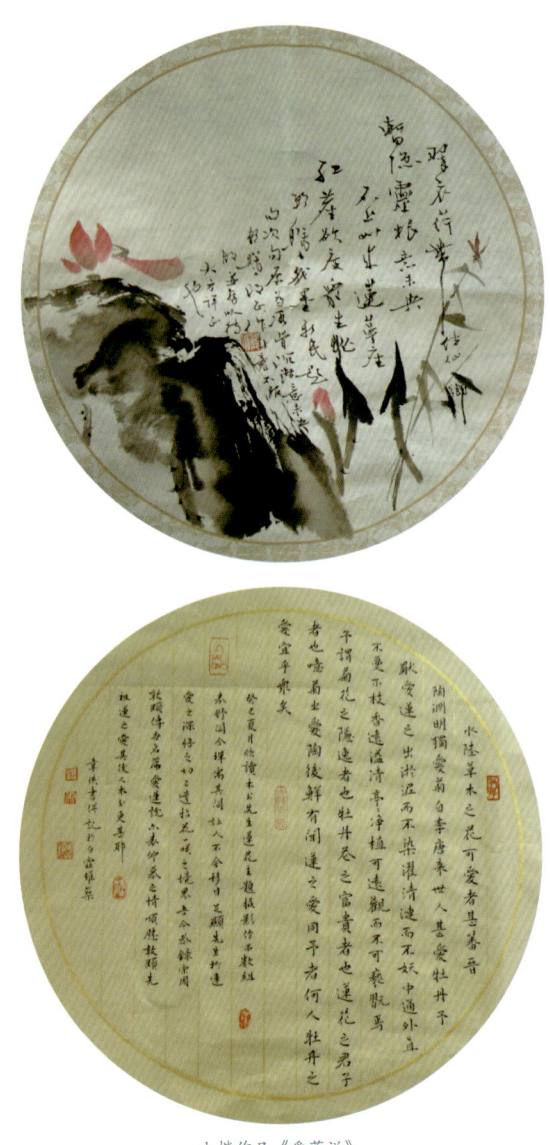

小楷作品《爱莲说》

88　　　　　　　　　　　　　　　　　　　　　　　　　运河一抹霞

十一长假，几个老朋友来白云雅筑笔会，我特意找了张同样大小的镜片，请上医大的博导潘朝曦教授画个莲花图，教授欣然应允，极认真地画起来。老友程新民先生坐在一旁边看教授画莲，边提醒：留点地方，我来题首诗。他沉思片刻，写了首七绝："翠衣荇带住仙乡，冰骨沉潜意未央，不上如来莲花座，红尘欲度众生忙。"教授对第二句提出异议，说这"冰骨"一般都是形容梅花，用在此处不太妥，可改为："暂隐灵根意未央"，顺书于荷旁。程不依，两人各执一词，谁也说服不了谁。无奈，教授只好将其记于画旁：朝曦戏墨，新民题句，次句原为冰骨沉潜意未央，朝曦改正，作者不服，故并存以待大方详正也。谁来评之？两人都会意笑了。

是啊，艺术本身亦难有标准，欣赏者自评吧。

二位老友平日各在沪、宁，经常由手机短信诗来词往，取笑戏谑皆文章。常为一句诗，你来我往多少个来回，今日见面，白纸黑字仍是各不相让，如此已不仅是文字之争，亦足显其间友谊之深厚及莲花予以人们不同的精神享受。

我将两幅字画，连同这过程的散记，一并送与木公先生，愿先生在读书、写作劳顿之余，从作品及其间的故事中，得一抹轻松和快意。

总惹忆无休

谨以此文献给天堂好友吴渭清。

时光从不顾及人的感受,无情地依照自己的步履由春走到了夏。

你从初春仙去,已百日。

鸿雁飞过春已老,渭水流经人不归。

我留不住好友渭清,也留不住过往的春天。

2013年元月,我随一批摄影家去坝上采风,认识了吴渭清。很奇怪,他不摄影,傻瓜相机都不带,却跟着摄影人乐颠颠地起早贪黑。那天到山顶拍日落,卜健明主席的三脚架不小心从山上滚下山坡,渭清见了随即也从山上滚下,拿着三脚架又重新爬上山。我笑他是摄影团队中的雷锋。后来在与他相处的过程中,充分感受到这一点,遇事先替他人着想的处事风格,让他身边有众多朋友……

2014年夏天,他见淮安摄影人一年四季都忙着拍摄荷花,就主动去找企业家游说,化缘得来十万元,在新亚商场搞影展。从几千张的作品中选出百张,他与江淮老师跳出摄影人常规的曝光、构图,以诗人独特的眼光选图,并以"荷和禅韵"为主题,配以诗意的文字,使作品的意境升华。小展大影响,且展品拍卖,款项又捐给市慈善总会,这可是摄影圈中,极为成功的富有诗意的公益活动。他从策划、选片、文字、作书,再加场地、展出、拍卖、捐赠全过程,认真尽力,全在幕后。是啊,淡泊名利,乐于替他人作嫁衣,这也是他经常所为。

2015 年，为纪念清江浦开埠六百年，我们策划做本《清江浦画传》，杨江淮编写，他为编辑，第一家设计公司将设计方案拿出，虽一般，但说得过去，但他坚持说："没新意，要做，就要尽其力，做最好的。"在他的坚持之下，又重新设计，这就是他一贯的做事风格，也是我最为欣赏之处，无论面对谁，坦诚说出自己的观点。可以说画传和每一幅配图的得来都有他的一段故事。正因有了他的坚持与辛劳，才有了后来得到很高评价的《清江浦画传》。他在"里运河"微信公众号做主笔，每篇小文都反复推敲而成，我常说他，没人仔细看，过得去就行。他笑笑，仍然认真推敲每句文字。对文字的苛刻自律及特殊的感悟，使他的语感、他的文字形成了自己的风格，典雅考究与通俗简单，无处不在的悲悯与生命的内在的欢乐，在他的身上和笔下，奇妙地融合与统一，浑然无间。

　　2016 年，王瑶卿诞辰一百三十五周年，做《王瑶卿画传》，他主写文字。这是吴渭清第一部长篇，也是唯一一部长篇。

　　这一年，也是我与渭清接触最为频繁的一年。为了书，我们六次去北京，采访了近百相关人，他主记录，我负责拍照，每每得到一张新图片，证实了一个新的观点，都很激动。常常就是一个面包一杯水，待在图书馆中一天查资料，真是辛苦并快乐着。他创新性地打破一般画传程式，通篇文字，从导板开始，行板、慢板，将人们直接带入了一个戏剧境地。为了便于阅读，又将一些有关的京剧小常识，以小"补白"形式展现。并用诗样语言将王瑶卿的一生给大家娓娓道来。

　　年底，在北京人民大会堂，《王瑶卿画传》得到与会的专家、艺术家及王家后人的高度评价，他开心得像个孩子。同时还没忘了给已在天堂，对我们作书有很大帮助的"小老头"刘嵩崑发微信告慰。做实事，知感恩，这已是他的自觉行为。

2013 年 1 月于坝上小红山顶

2016 年 3 月在印刷厂伴随印书全过程

2016 年 12 月，人民大会堂
著名学者纽骠赞扬《王瑶卿画传》

2017 年 2 月 6 日下午，舟曲街头
渭清将中午未吃的两块饼给一乞讨者
怜悯同情之心伴随其一生

平时，他常提醒我：你的镜头要关注社会，关注普通人。那些风景拍的人多呢，这次不成还有下次，而人文的东西，转眼即逝，不记录，可能就永远地消逝了。说实话，让我挂着个相机大街小巷地跑，还真有点不好意思。他说："没关系，我陪着你。"这些年，在他的陪同下，我从城东到城西，从拆迁现场到建筑工地，从南门小街到农民的地头，拍了许多实实在在的老百姓的日子。有时看到些现象，我谈了自己的想法，他就鼓励我写出来。其实，他这几十年，就是这么做的，为百姓发声，抨击时弊。他的文字有筋骨、有道德、有温度，大家称他为现代版淮安鲁迅。我时常为自己年过半百，能有这么一个与我思维同频道的好友感到欣慰。

2017年2月初，跟着几个影友去甘南采风，与他同车同行，一路快乐。那天中午在舟曲街上一家面馆吃午饭，因要赶路，每人一碗羊肉汤泡饼，而他定要吃羊肉汤面条。店老板是一个兰州来的回民，热情地给他做拉面。我们在一旁看着，他开心地告诉大家，这是他这些年吃的最美最香最值得记忆的午餐，临走，还没忘带上没吃的两块饼，送给街上的乞丐。我无意间拍下了这个镜头，却成了他留于世间最后的身影。虽如平时，已为永恒。这几年，我有意无意间，为他拍了近二百张照片，每张照片留给我的都是难忘的回忆和无尽的思念。

到今天，闭上眼睛，那一幕仍清晰于眼前。无助地看着好友离去，呼天不应，叫地无声，这种悲痛，没有经历亦无法体会。过去总以为未来很长，会在一起讨论，下本书要如何如何做会更好。我说："这样，你文字我配图，合作做书可做十年。"可才刚开始，他却在我眼前，就这样无情地走了。他以如此残忍的离别，让我懂得了生命是脆弱的，是不定的，有时是人不能为的。死亡有一万扇门，你会在哪扇门前谢幕，

小楷作品《眼儿媚·轸念》

根本无法知晓。我们唯一能做的就是珍惜过程中的每一天，珍惜相遇的每一个人。一百天，我身体的伤在慢慢地恢复，可我心中的痛何时能休？亦如我近填的词《眼儿媚·轸念》：

> 生命无常势难留，瞬息笑声收。
>
> 呼天不应，问地无语，唯泪长流。
>
> 畅叙昔日频于梦，总惹忆无休。
>
> 几年挚友，一生思念，心海孤舟。

我在变更的季节里坐禅，用怀念定格着好友吴渭清，定格着永远属于他的春天。

盈盈笑语绕晴空

淮安水多，过去老淮阴辖十一个县，唯"盱眙"名号不带"氵"的，也是难得。外人总是误读为"于台"，还以为这地界缺水呢！而真盱眙境内，不仅多水——淮河水岸不须细说，在咱苏北大平原比较稀罕的是还有山，就说眼前盱眙城的这座山吧，山不算高，名气却很大，叫"第一山"。"第一山"三字，为宋代大家米芾所书，立石镌刻于坡道。

北宋绍圣四年（1097年），米芾从京城汴梁出发、赴任涟水知军。诗人乘船沿汴河南下，行至盱眙时，眼前突然出现了一处山峦，精神为之一振，舍舟登岸，畅快抒怀，写下了这首《第一山怀古》：

京洛风尘千里还，船头出汴翠屏间。

莫论衡霍撞星斗，且是东南第一山。

山脚下，有一泉水，清澈甘甜，名为玻璃泉。这名称也源于米芾的诗：

半山亭下老苔钱，凿破玻璃引碧泉。

一片玉蟾留不住，夜深飞入镜中天。

玻璃泉

这玻璃泉水，曾滋润了多少文人，历代写玻璃泉的诗难以细数。

就在当下，玻璃泉边依然活跃着这么一群女子，她们爱生活，爱写诗，自发组成诗社，名即为"玻璃泉女子诗社"。写诗、交流、诵读、成书，将平常的日子放在诗里，过得有滋有味。

辛丑初夏，借在盱眙开诗协年会的机会，我们一行饶有兴致地走访了这群女诗人——其实都是些普通女子，只是因为爱上了诗，使她们多了一份特有的诗人气质——纯真雅致，灵动中透着一股书卷气。

市诗词协会会长荀德麟先生，跟各位诗友交流并即兴写下了一首《赠玻璃泉女子诗社》：

　　　　玻璃何故奏丁冬，只为岩青映女红。
　　　　婉转清新流丽处，名山秀水共吟风。

赏读吟诵一两遍，啊！真美。特别是这"奏"字，多有动感。岩青映着女红，多美的画面。真的会激发人无限的遐想的，脑中忽然冒出一句"玻璃泉水奏丁冬，引我诗情误女红。"这应是一个在做女红的爱诗人的感受，接着呢？看看其他姐妹是否也有同感？顺势作了首七绝：

　　玻璃泉水响丁冬，引我诗情误女红。

　　身探借询邻舍妹，盈盈笑语绕晴空。

自觉很有画面感，算是读诗有感，亦为和诗吧。将两首诗，写成小品，下回去盱眙时，送给这群爱诗的姐妹，不亦快哉！

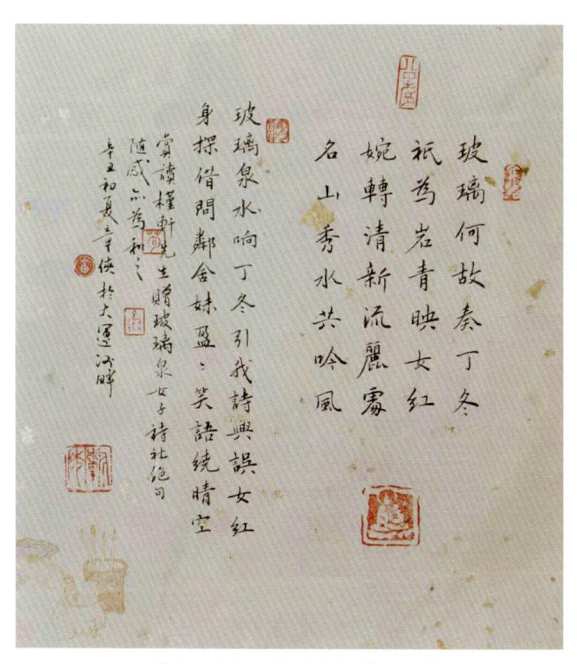

小楷作品《赠玻璃泉女子诗社》及和诗

巧合缘自情切切

壬辰仲冬之初，著名军旅书法家毛广淞大校回淮探亲，在市政协老主席、诗词巨擘、文史专家荀德麟的陪同下，拜访画梅大师章农老。

三位文化名家以诗书画为题，谈兴甚浓，十分投缘。章老兴致尤高，意欲为小老乡画幅画做个纪念，问大校喜欢什么？大校答道："随你意。"章农老便铺开六尺宣纸，在笔架上挑了支大狼毫，饱蘸浓墨，抑扬顿挫，从纸的右下方出一梅桩，接着顺逆势散锋枯笔，写出一竖一横两条枝干，笔力雄逸，开合有致。又用朱砂调点白色，或仰或俯，或大或小，或深或浅，或浓或淡地点些许梅花。看似漫不经心，却疏而透逸，有一种"幽香淡淡影疏疏"的美。不一刻，一幅遒劲苍郁、逸气勃发的梅花图挥就而成，墨香四溢，神采怡然。

大校见之，连声称妙，告知章老，其夫人名为沈晓梅，早就仰慕章农老的梅花，只是难以启口讨要，今日章老心有灵犀，以梅花图相送，真令人感动。大家邀荀先生以其意作首诗题于画上，先生没推辞，沉思片刻，一首七言绝句即成：

荀德麟、毛广淞与章农　　　　　　　　　　荀德麟与毛广淞

　　　　　满枝清艳作龙飞，移向京华感画师；
　　　　　妙笔嘉名非巧合，苍松好共沈家梅。
　　好诗，巧妙地将大校夫妻俩的名字同时嵌入诗句中，赋予了梅图特殊的意境。韵味悠长，连绵不绝。
　　毛先生迅即用他那独特的楷书将诗书于画的右下角，并用行书跋道：章丈雨师画此赠愚与晓梅，荀德麟先生即席赋诗，毛广淞书并记之。
　　毛大校的具有爨体味的楷书线条，与梅花枝干和谐协调，圆融呼应，有浑然一体之感。
　　欲说毛大校的楷书的风格，荀先生曾作联赞之：
　　　　　银雀山汉简脱胎风神厚重；
　　　　　爨宝子晋碑易骨体势夸张。
　　何意？再细读联两旁长跋："乡贤毛君广淞，早年潜心四体书，近十余年研中华正书第一古石爨宝子碑，融合银雀山汉隶《孙武兵法》之神韵，通过局部夸张、变形，灵活运用长锋羊毫正偏侧锋，将书法之曲直、方圆、斜正、刚柔、动静推向极致，风格独特，体势深厚，气度高华，实无与伦比也。"

赞誉之词，溢于字里行间。说实话，在现世，能将楷书写出如此风情的，全国堪称凤毛麟角。

三人合作成就的这幅诗书画俱佳的上乘精品，送与毛先生收藏，我用相机定格了这一缘定的瞬间。

更有巧事。

次日，三位大师又相聚在章农老的画室"天石楼"。话题当然仍是诗书画，看着画室里一卷卷章老的旧作新画。荀先生提议："先睹为快如何？"章老即允，随手拿了一幅丈二整张，铺展在画案上。大家都被其画的气势所震撼。

这是一幅墨梅图，偌大的画面上，唯有两株历经沧桑的老梅桩相伴，蓬勃生发的枝条，展示着生命的活力与坚韧的气质：画面上部的枝条上圈了不多而深浅有致的梅花，浓墨点蕊，苍劲中透出一股超凡的清气。梅的健、香、神，表现得淋漓尽致。章老还用他那充满金石味的隶书在画的左下方的梅枝旁题了七个字："尚健尚香尚神图"。

三人合影

三人合影

旁边是小行书:"庚寅二月四日淮上画梅翁雨师章农写于天石楼,时年八十有三。"

这可是三年前的作品啊,章老还介绍道,这纸竟是他珍藏六十年的老纸。

当大家还沉浸在对作品的赞叹之中时,荀先生大呼:"二月四日可是我的生日,庚寅二月四日可是我的六十岁生日,六十年一个甲子轮回,我就是庚寅年二月初四出生的啊!"还夸张地掏出了身份证来以证其实。

世上竟有如此巧事,你想想,三年前的二月四日。

我在旁笑道,章老干脆将画送与先生,让他补请我们喝酒。章老亦很慷慨,又谦逊道:"先生不嫌弃,即为我的贺礼了。"先生兴奋啊,催我赶紧用相机留下这传奇式的巧合。大家继续看画,我还笑道,大家仔细看,看到谁的生日,画就送谁了。说也奇怪,连续又欣赏了好些画,大都不是无题款,就是无日期,基本上是半成品。

这真有点像电视剧的情节,令人称奇。

其实,章老与荀先生可称得上是忘年交,章老的梅花图,激发了先生多少诗情，这些年仅题画诗就几十首。每次笔会，章老的梅刚画好，荀先生的诗会脱口而出，因为先生太知道章老的画想要表达什么了。也正因为有着这种精神、心灵上的默契，这巧合就真的不足为奇了。

说实话，这三位诗书画大家都是我崇敬的老师，他们都有着深厚的文化底蕴、精湛的艺术造诣，更可贵的是他们都有着强烈的社会责任感和对艺术不懈追求的精神。这两天他们频繁相聚，就是在商讨共创一件美事，要为美丽江苏的打造，共同做点什么。这不，荀先生的美文《美好江苏赋》被选入大学语文教材，毛大校以大型册页形式书此文，封面插画均为章老的梅花，把江苏的自然之美、人文之美用传统的艺术形式展现出来，你说，这是多美的创意！

巧合缘自情切切。是啊，在有着共同艺术喜好、共同精神追求的好友面前，一切都显现得那么自然和谐、那么隽永雅致又那么美丽浪漫。

学书有法，奇妙在人

云雾中秋半卷帘

甲午中秋，上海中医大的潘朝曦教授携全家老小一起回淮过节，"君临书院"的朱兵先生特邀其及几位好友一起到书院赏月。

君临书院建在古高家堰旁，古色古香，是中国传统的三合院落，进门的大照壁前摆放的是大型盆景松，很为气派，特别是月洒松枝，影映壁上自成画，美不胜言。院中养荷花的长方形石缸有三米长，据说是元代御林军的马槽。院间小路两旁盆景摆放在一个个古石碾上，独具风味。

晚餐就安排在院落空地。很简单，院中长的石榴、甜枣，前院种的山芋、玉米，土灶蒸出的传统的玉兔月饼，喝的是用后院桑葚自己酿制的桑葚酒。当然最受大家欢迎的是掺有山芋叶的杂粮稀饭。大家边吃边聊，谈书论画，评古说今，加上若隐若现的明月相伴，好不惬意。

饭后，主人特意安排大家踏过古堰，登上一渔船，并驶到河面宽阔处停下。寂静的河面上，唯我们一船的赏月人，空中没有都市见惯的繁杂灯光，只有月亮努力地拨开厚厚的云层，不时露出圆圆的脸庞，将银色的柔光淡淡地洒在河面，泛起隐隐波光。遥远处几星灯火在浩渺的烟

君临书院内景

波中闪烁。微风带着露水的湿气和青草的芳香吹来，已有丝丝凉意。是啊，今天亦为白露。

山阳琴社社长、古琴演奏家李家祥先生在船上演奏古琴助兴，为大家赏月平添了特殊的诗情画意。

他首先弹奏了古琴名曲《良宵引》，这可是虞山琴派的代表作。从隋朝至今，为历代文人雅士所喜爱。在此水天之间，万籁俱静，赏月之时，弹奏此曲真是太合适不过了。

曲子以泛音开始，将大家带进了一个更为寂静、微风初起的意境。接着用琴音迭唱，描述了明月出山、长风万里的空旷。

李社长不愧为古琴大师，泛音、按音、散音、撮音娴熟运用，相得益彰，特别是在第三段以"打圆"的指法，在七四弦、五三弦间挑、勾、打、圆，营造出"如天地之宽广，风水之淡荡"的感觉。将古琴的清、和、淡、雅表现到了极致。

在大家的一致要求下，李老师又为大家演奏了古琴佛乐《普庵咒》、传为汉代著名学者和琴学家蔡邕创作的《忆故人》，以及《平沙落雁》等经典琴曲。伴着琴韵赏月，真的让人有种飘飘欲仙、超然物外的感觉。就连潘教授年仅四岁半的小孙子也被这古老而神奇的琴声所吸引，一直在凝神静听，与平日的顽皮好动判若两人。

对古琴颇有研究的潘教授笑言：从五音调五脏的角度看，宫音入脾，商音入肺，这古琴音还具有疏肝健脾、补肾安神的作用。是吗，真是身心都得到滋养啊。

市政协老主席荀德麟先生听后，即兴赋诗：

云雾中秋半卷帘，分明羞涩掩婵娟。
几星灯火烟波里，数缕河风鬓角边。
船载幽人通缥缈，琴弹良夜引缠绵。
平生难得如斯度，一曲听来醉众仙。

他那充满激情的涟水普通话，抑扬顿挫的朗诵，让诗的韵味更浓，久久回荡在梦境般的河面上。

"云雾中秋半卷帘"，多么美妙而令人陶醉的画面！是啊，古时，大江月夜的洞箫之音引出文学大师苏轼《赤壁赋》的旷远空灵，今天，这中秋之夜的古琴名曲，则赋予荀先生的《七律》以情逸神游，洋溢出的是我们这个时代满满的幸福。

近日，网上许多网友在全国寻找最佳赏月地。其实，我觉得在淮安、在古高家堰、在君临书院、在二河清澈的河面亦为我们携朋友、家人赏月的好去处。

感动，久久不能平复

赵恺老师，我极为尊敬的前辈。他的诗歌《第五十七个黎明》、散文《牧笛》、游记《荷花荡记》均被录入《中国新文学大系》，像这样三种文体同进中国文学史，在全国范围内也极少。

我怀着极为忐忑的心情，请他支持并参加我们的微信平台举办的"家在清江浦"征文大赛的颁奖会，并给本土的文学爱好者讲几句。此时，我并不知道他老人家生病初愈，正在恢复中。他完全可以推却，但他没有，表示一定好好调养，争取准时出席，还让我将十七篇获奖文章发他。很感动，我知道他理解一个微信公众平台做一个征文比赛的不易。从激情动意，紧跟着是一路的繁忙与艰辛。

颁奖地点选在"铁霞轩"，淮安第一家民间花盆收藏博物馆。

小雪的第二天，寒意袭人。颁奖现场，四周围绕着古色古香的古花盆，文艺气息满当当的。一群热爱清江浦又满怀文学情思的男女老少，聚集在这里，享受着温馨如歌的文学滋润。

这可能是赵老这一生参加的级别最低的颁奖会了，毕竟现在的微信公众平台多如牛毛。但他无丝毫怠慢，认真地为这次授奖会创作长诗《剑之歌》，并在现场，饱含深情地朗读着：

文学艺术,

十年一剑。

典雅高贵,

铁骨铮铮,

顶天立地:

剑,

人的雕塑。

我们锻造的是"十"吗?

我们展示的是"一"吗?

十,坚忍,坚强,坚定。

一,独一,唯一,第一。

耻于平庸,惕于局促,畏于重复,止于模拟;

运斤似风,一剑封喉,吹毛可断,削铁如泥。

剑展,

十七件获奖作品是十七柄血火之作。

一一叩击,

一一倾听,

一一掂量,

一一析辨。

人别九等,

剑分三品。

以额角为尖,

以肩臂为刃,

以胸膛为柄:

人之剑。
以雷霆为尖，
以江河为刃，
以高山为柄：
地之剑。
以日月为尖，
以时空为刃，
以发现为柄：
天之剑。
熔铸之剑——击打之剑——砥砺之剑，
取鞘之剑——取舍之剑——舍鞘之剑，
有剑之剑——有无之剑——无剑之剑，
实存之剑——虚实之剑——虚幻之剑。
一部命运交响曲：
《胆剑篇》。
举翼九万，
展翅三千。
逍遥鲲鹏如垂天之云，
蔽日遮天。
大江东去，
惊涛裂岸，
清江浦上，
汹涌史诗长卷。

其实，我们都懂，他是希望大家能认真地对待文字，以十年磨一剑的态度，炼出自己的独一、唯一、第一的剑。

接着又结合实际给大家讲授，什么是高品质的文学作品，如何写出高品质的文学作品，读、悟、写、改，几个步骤，哪个都不能马虎。让每个参会者收获满满。

清晰记得今年初，赵恺老师对"清江浦人家"的新寄语是"双桨船"，他希望我们"清江浦人家"，能像一艘双桨船，不仅记录历史，更要思考，要面向未来。更让我懂得了作为清江浦人的义务、责任与使命。

一年了，我们时时记住赵老的希望，不敢懈怠。更幸运的是，有这么多热爱文学、有社会担当不计得失的同道，大家一起尽力划着桨。

从动议开始一直忙到颁奖会开前才离开的陈军，看了大家分享群中的颁奖现场，在群中感慨道：今天"清江浦人家"所办的颁奖会，成了一些心系清江浦人的一次聚会。我虽不是清江浦土生土长的人，但已被

"家在清江浦"征文大赛颁奖合影

清江浦的风，清江浦的水，清江浦的人俘获。对清江浦的一草一木，哪怕过去的一草一木与人事，都能给予关心，直至关怀。对今天的会，我很感动。感动是由感触引发的，而我能感触的传感神经，今天好像失灵了，一切的思绪以及一切的思维皆在震动中完成。一个做文学的人在当今要做点事不易，一个团队在当今要为文学做点事一样不易，可是，在清江浦这块土地上却有人在做，"清江浦人家"也一样做了，他们做的时候没有很多想法，没有奢求，我用人格保证，他们就是想做他们共同想好的事而去做了。他们是一个想做事又明知做不大的团队，就像今天的颁奖会，操作的都是磕磕绊绊，不算完美。但我对此想呼吁，还想为他们鼓劲：办得好！是的，这样的事，现在太少了，以致成为稀缺，可以毫不夸张地说，太精贵了！以致在清江浦这块不太富裕的地方成了贵族。这样的贵族，极有可能不受人待见。我想，又有何谓，这里贵族的定义及其内涵外延与你不一道的，是没有相同相近似的阐释，今天的颁奖会，好！

一座城市的魅力，不是耸立在那里的建筑，而是生活在那里的人。来自热爱生活，热爱这地方的，将平凡的日子，过出诗意的人。

是什么让我心头的感动久久不能平复？是因为我身边有赵老及众多充满魅力，吐丝结茧，一心付出，时时感动着我的大写的人——这正是我们办好"清江浦人家"的动力所在，情怀所在，希望所在，也是我们清江浦的魅力所在。

时髦光影九秩春

　　王国光老师，淮阴师院的退休老教师，同时，也是我们民进的老会员，现在市老年大学教摄影后期制作。

　　王老没有传奇的人生，六十岁退休后学摄影，背着相机全国到处走，七十五岁学摄影后期，十五年，从零点到专家，并出了两本书，现在老年大学的摄影后期制作的教材，就是他编的。不过，这也算是传奇了，这个年纪，有些老人可能玩智能手机都不轻松了。

　　在老领导卜建民主席的提议下，我们民进摄影协会给王老庆寿。还特邀了我们的老朋友，市检老检察长周思民参加。

　　地点选在远离城市喧嚣的西游美术馆。

　　先欣赏了卜主席这次北欧之行拍摄的优美作品，听他讲沿途有趣的故事。

　　王老接着给大家上了一堂摄影后期制作课：主体移位新

我（右一）与王国光老师

王国光与刘永泉　　　　　王国光与庞博

路径。王老风趣地说："卜主席去的这些地方，诸多原因，我去不了，但没关系，你们想去哪儿，在我这儿都能实现。"他为这堂课准备了十八个例子，五种路径，其中用"计算"的方法最为简便。

活动结束时，在二楼巧遇市第四期茶艺师培训班上课，小艾老师用一千八百年老茶树上采晒的新茶，给大家做了茶艺表演，这第一杯茶理所当然地献给寿星品尝，王老开心地说："这是我今生喝的最香的茶了。"

全国梅花奖得主许亚玲，给大家即兴唱了淮海戏的经典唱段。这拉魂腔，给大家增添了许多欢乐。亚玲平时很忙，这些年为让淮海戏走出去、传下去，做了大量工作。但听说是给王老祝寿，挤出时间来给老人家助兴。足见王老在大家心中的位置。

画家刘永泉特为王老画了一幅牡丹花绶带鸟，其意再明显不过了，还很用心地用自作诗题款。

书法家庞博，给王老写了个大寿字，一笔下来，遒劲有力，特别这最后收笔，其实是很难把握的，轻了会飘，重了显拙，庞博不愧是个大书家，这力度把握得恰到妙处。

我也凑热闹，特请诗词大家荀德麟先生为王老做了一副联：

情钟数学王国，上庠世壮三千树；
智惠老年影光，新著时髦九秩春。

多妙，上联写了王老退休前教学的荣光，庠，读享音，上庠，即大学之意。下联是退休后的生活，这几本摄影后期相关的书，出得确实够时髦了，注意这里，一个"惠"字，写出了王老无私的奉献精神。

当然，更重要的，是将王国光三字巧妙地嵌入联中。

我用朱砂，以王宠的散淡笔意写出，并用酒红色绫做底托上，有点小美（自己嘚瑟一下）。

恭敬赠予，表达对王老的尊敬与爱戴。

卜主席总结王老的优点有三点：

一、精益求精，是活到老学到老的典范。十五年出了技术含量很高的两本书，最近忙着出第三本书，这里该有多少勤奋与刻苦呀！

二、诲人不倦。王老现在的学生都是老年人，他对学生说："你们一遍没听懂，我讲两遍，三遍，多几人，我还上门讲。"你说，这种教学态度，学生们怎能不喜欢他。

三、不计名利。王老他至今不是国家级会员，他的许多作品只为上课作为举例用。老年大学给他讲课费，他都拿出来请学生们聚会。

就这三点，在当下，是多么难能可贵。

周思民先生也动情地说："王老缜密的思维，钻研的精神，凡事为他人着想，看淡世俗的人生态度，值得人们尊敬。这是他长期修炼的结果。他身上许多优秀的品格，可与一些伟人、英模同日而语，他身上散发着人性最本真的光芒，这种光芒感召着我们，是难能可贵的，也决定了他的长寿是必然的。"（此时掌声一片）

新著时髦九秩春。王老最近忙着出他和摄影后期制作相关的第三本书，我们衷心祝福王老：健康期颐，再奔茶寿。

遇见余秀华

遇见余秀华，是在人民网演播大厅，第三届"诗词中国"启动仪式暨影响力诗人发布活动现场。

当她颤颤巍巍地走向领奖台，吸引我的竟是她脚下那双红绿相间的绣花鞋，配着一袭白色长裙，煞是好看。摇摇晃晃，亦如猫步轻盈。那种特有的娴静与自信，深深地打动着我。

这次启动仪式上，她被授予"最具网络影响力的诗人"。在大家热烈的掌声中，她朗诵了自己的新诗《何须多言》。主持人特意为她备了一把椅子，让她坐下读。但她没有，而是一手扶着椅背一手拿着话筒，虽吐字不清晰，但充满情感与韵味，透出一种与众不同的人间烟火。确实，她不是一个传统女性，也不是一个传统意义上的诗人，而是一个才华横溢的另类吧。

场内的活动还在继续，她慢慢地走出大厅。我见之也随着她

我（左一）与余秀华

活动现场的余秀华

到大厅，大厅前是面名人墙，展示着来过人民网的所有名人。她在这面墙旁停下，不知何故，她所站之处竟有个空缺，她顺手将获奖证书放上。我朝她笑笑，并轻轻地将证书的封面向外，她也莞尔一笑，又若有所思。

多美，她的证书在这面墙上是那样醒目、那样独特，如一行诗。她与这面墙仿佛构成一本诗集。我用相机定格了这一瞬间，并有种想向她讨本新书的冲动，不过，我想她定会告诉我：

> 如果我给你寄一本书
> 我不会寄我的诗歌
> 我会寄你一本关于植物的书
> 告诉你稻子和稗子的区别
> 告诉你稗子那提心吊胆的春天

忽然觉得自己就是春天里那株提心吊胆的稗子。

这感觉一直伴随着我，难以拂去，直到现在。

灯火可亲　　　　　　　　　　　　　　　　　　　　115

我乐代石言

安徽山多，各类奇石也多。在芜湖，有个"艺瘦堂"藏有各类奇石近千。安徽文人亦多，芜湖词人张双柱先生应艺瘦堂堂主之邀，选之百石，用一百种词调歌之。写了百词，又找了一百位书家将其写成书法作品。这就有意思了，让这些天赐的奇石变成了藏家、词家、书法家之间的不同艺术形式的同一主题来进行表达。

这块徽文石，规格26×32×15厘米，石形规整，黑灰色的石面上渗着金星。特别是在光润的石面上有个凸显的金黄色的"云"字，十分醒目，似以隶书入笔，笔画饱满圆润，字体结构均匀，章法准确到位。这大自然真是神奇，岁月沧桑如何润泽成此，何等书法家能与其媲美！且在这大大的"云"字下面，还布以若干金色的雨滴。故命名为"云水泽"，又名"云根"。前者亦诗，后者亦禅，均为好名。如《毛诗正义》语："山出云雨，以润天下。"真乃大吉大美矣。

双柱先生填词《六丑》颂之：

> 念浮生过往，不过是、浮云飘忽。不由己心，还难由气节。实不堪说！尽管当年事，唤风呼雨，且戏星乘月。而今逐日从头越，抑或迟回，仍还决绝？思来不独呜咽。正长空寥廓，清景销歇。
>
> 徽文彬蔚，看乾坤格物。尽在云根里，金墨泼。神如汉隶碑帖。笑古来今往，变迁存没。无非是、卷舒生灭。谁比得、一朵初心定慧，等持超脱。心开处、化雨宣佛。过往来、一字相开示，天工巧夺。

一百四十字，上阕十四句八仄韵，下阕十三句九仄韵。起句"念浮生过往，不过是、浮云飘忽"引领全篇主旨。诸句相承，层层叠叠，迂转环回，将"人生如浮云"之感慨抒发得淋漓尽致。

观石读词，始终沉浸在双重的艺术享受中。

好生奇怪，这么美的词，为何以"六丑"为名？先生告知，此为宋代著名词人周邦彦创作的"中吕调"曲。周密在《浩然斋雅谈》中记载，周邦彦曾对宋徽宗说道："此犯六调，皆声之美者，然绝难歌。昔高阳氏有子六人，才而丑，故以比之。"犯了六个最好听的宫调，这曲就相当难唱了，必须具备高超的本领才能唱好。据说这首曲子是李师师唱给宋徽宗听的。李师师用六丑会唱些什么，让徽宗大赞呢？

徽文石

甚感好奇，我找到了六丑词牌的首创，名为《六丑·蔷薇谢后作》，词曰：

　　正单衣试酒，怅客里、光阴虚掷。愿春暂留，春归如过翼，一去无迹。为问花何在？夜来风雨，葬楚宫倾国。钗钿坠处遗香泽，乱点桃蹊，轻翻柳陌。多情为谁追惜？但蜂媒蝶使，时叩窗槅。

　　东园岑寂，渐蒙笼暗碧。静绕珍丛底，成叹息。长条故惹行客，似牵衣待话，别情无极。残英小、强簪巾帻，终不似一朵，钗头颤袅，向人欹侧。漂流处、莫趁潮汐，恐断红、尚有相思字，何由见得？

　　哦，写的是惜春、惜花之情。构思别致，铺叙展衍，时而写花，时而写人，时而花人合写，时而写人与花之所同，时而写人不如花之惜。回环曲折，反复腾挪。借惜花更惜人，实为表露自伤自悼的游宦之感。

　　看来咏物言志抒情，是自古文人所爱之事。双柱先生，借奇石水云泽，赋以禅意，直抒胸臆，给人的心灵以诸多启发。

　　奇石予人以视觉美，予人以无限的想象。六丑词却又赋石意升华，让人心灵滋润。赏石至此，赏词至此，持敬之心顿生。

　　天赐无须语，藏者为之代言，词人为之代言，吾更乐为之代言。特选一略绛黄底色上有几株出俗兰叶的小团扇面，用最近临写的疏淡秀雅的王宠楷体恭敬书之，为便于阅读，又用朱砂点上标点，加上小跋。还特请淮安名家杨鹏老师刻了一尊佛像做引首。如此，不知能否诠释双柱先生词意？亦诚惶诚恐！

小楷作品《六丑》

附：《六丑·云水泽》赏析

大凡咏物之作都是托物言志的，通过事物的咏叹抒发作者的个人情怀，从而体现一种人文思想。双柱先生的《六丑·云水泽》，起手便紧紧抓住奇石上的"云"字直抒胸臆，感叹浮生不过是飘忽的浮云而已。

开篇"念浮生过往，不过是、浮云飘忽"，开门见山，平铺直叙，感喟人生如浮云，此起句，引领全篇主旨。其后上阕所有诸句皆为承句，一层层承接下来，把"人生如浮云"之感慨抒发得淋漓尽致。

接着一句"不由己心，还难由气节"，指出上一句之感慨既不以人的意志为转移，也不以节气变化为转移。这是承句，从主观和客观两个方面阐述同一个问题。

至"实不堪说"一句,陡然把问题拔得高高,似无再提起一写之可能。

然而,作者在顺承之后插以"尽管当年事,唤风呼雨,且戏星乘月"倒叙,写出当年云是何等的风光。紧接着又把情境拉回到"而今逐日从头越,抑或迟回,仍还决绝",从两难选择写出当下的矛盾心理,对上面承句再做渲染。

仔细读来,就是分写过去和眼下,既是一种对比,也是一种推进,换言之,既是进一步的渲染,也是进一步的承接。

上阕最后两韵句"思来不独呜咽。正长空寥廓,清景消歇"一气呵成,完成对"实不堪说"的最后渲染,亦即最后一步承接。其实,作者在这里留下了伏笔,这既是篇章过片之需要,也是主题升华之需要。

下阕起手"徽文彬蔚"四字是转句,由上阕虚写转而实写,继咏云转而咏石,"徽文"二字直截了当地点明所咏之石的产地、石种。这一转,又回到咏石词主题上了。一并作为转句的,在下阕也占有较大比重,这就好比上阕承句之后有着一层层渲染。下阕转句之后也有着的好几句,则是转向最后合句的一步步铺垫。

"看乾坤格物。尽在云根里,金墨泼。神如汉隶碑帖。"这几句是顺着上阕对云的表述及咏叹进而细说"云"这个字,这是徽文石上的字,自然就是实说奇石了。这一方奇石奇就奇在这个大大的"云"字上,按理说来该借字发挥有段浓墨重彩,但词人却以淡淡的一笔带过。因为这奇石上的"云"字,其字形、墨色、神采栩栩如生,一目了然,词人在此若再费笔墨,就显唠叨了。

"笑古来今往,变迁存没。无非是、卷舒生灭。"这几句才是词人所要真心表达的。这是一段心灵感悟,亦即作者托物言志的心迹。依然大开大合,乾坤尽收眼里,古今不过笑中,一切过往无非云卷云舒罢了。

词中写道:"谁比得、一朵初心定慧,等持超脱",因为援引了佛家语,把诗人自我形象融合其中,让人看出深深的禅意。这也许就是作者的自况。

"心开处、化雨宣佛。"至此,词人将这一方奇石和盘托出,其实也是将他自己和盘托出。

一步步铺垫,全词最后以"过往来、一字相开示,天工巧夺"作为结句,既与起句"念浮生过往"相呼应,也与该石所显的"云"字相契合,更与通篇所写"天工"相贯通,这就是天意,这就是"开示"。

《六丑》为宋词中优美雅致之调,极其难写,故古今词人填作此调甚少。双柱先生今一调入声韵《六丑·云水泽》,声律浏亮而和谐,句式多变而平缓,吟咏出藏石之奇之妙,抒发出藏石人和词人至性至情,为现代人学习《六丑》做出了示范。实乃藏石之莫大幸也,诗人之莫大幸也。师师若见,定抢为首唱。

同为将进酒,异代大不同

庚子五一,疫情渐歇。我同淮上一群诗词爱好者,去槿轩先生老家所在的涟水高沟今世缘酒厂采风,回家后即收到槿轩先生的《拟将进酒》,朗朗上口,韵味无穷,耳目为之一新也。

君不见,大地苍茫千万里,处处可以印屐齿;
君不见,人生多少涉与攀,迢迢归梦上家山。
桑梓老宅剩基础,六塘难觅垂钓处。
鹧鸪声里何所有?飘香撩我高沟酒!
历年块垒任君浇,更扶豪气干霄九。
弹指一挥间,林下步履宽。
胜日非为披昼锦,乡愁不厌催梦醒。
邀得诗朋来,老窖醉徘徊。
只为今世缘难了,交错觥筹瓶再开。
再开瓶,问刘伶,台上草,几时青?
刘伶却教太白答,但夸早把兰陵压。
试看载酒船常堵,开市扬帆直到沪。

天地祭坛珍伏腊，款宾艳说外交部。

不须裘马换，高爵尽情注。

诗若不能佳，罚依金谷论酒数。

　　槿轩先生一开笔，以李白《将进酒》同样的句式，只不过荀诗人展开的是乡愁主题。少小离家多年，走遍千山万水，故乡却一直在心里，在梦里。

　　接着四句写了回到老家所见：家乡的变化太大了。当年的故宅，如今只剩地基在；六塘河水仍在东流，只是找不到儿时垂钓之处了。

与同好去今世缘酒厂采风

在故乡熟悉的鹧鸪声里，已经找不到记忆中的情景了，只有一如旧时的高沟酒浓郁的香气，最能撩起诗人的故乡情结。一个"撩"字，生动活泼，让人想起了那句趣话：高沟的麻雀也能喝三两！

　　诗人回首人生：有多少次啊，心中的郁结，是靠家乡的高沟美酒来浇散的；有多少番呀，革命的豪情，是在高沟美酒的助燃下，直冲霄汉！

　　接着诗人感叹：时间过得真快，弹指一挥间，我已经老了、退休了，过起了悠闲的林下生活。少小离家，老大归来，但今日的归来，却非传统意义上的衣锦还乡，而是带着对家乡的无尽思念，让众诗友一起，徘徊于高沟今世缘酒业的老窖之旁，尝尝家乡的老窖美酒，一品老酒解百忧！

回到酒桌上——

　　再开瓶，问刘伶，

　　台上草，几时青？

　　刘伶却教太白答，

　　但夸早把兰陵压。

　　妙趣横生，刘伶，东晋竹林七贤之一，性豪饮，有《酒德颂》行世，史称酒仙；唐代诗仙加酒仙的李白，就用不着多介绍了。这两位酒仙在荀诗人的笔下，跨越时空的对话，让人忍俊不禁，不由得想起一副老酒店的招客联句来：

　　　　刘伶借问谁家好；李白还言此处佳。

　　当然，槿轩先生写的句子比这联更为生动形象。高沟酒已超过兰陵酒了？似有点夸张。且听诗人接着吟唱道，不然的话，运河上运酒的船怎会常出现堵塞，高沟酒业怎会在沪上市。招待宾朋时还要强调：这可是国家级大典的用酒，是外交部的接待用酒呵！

　　其实细究，这还真不是吹的。有案可稽，高沟的酿酒历史，可追溯于西汉，而更盛于明清，源远流长。历代诗人多有题咏。南宋著名爱国诗人陆游曾在高沟天泉糟坊的墙壁上留下了"天赐名手，地赐名泉，高沟美酒，名不虚传"的佳句。《西游记》的作者吴承恩途经高沟，曾手书楹联："近销淮北行千里，远及湖广畅九江"。1784年，乾隆南巡淮安，品高沟酒，赞曰"人间仙酿"。民国初期，高沟当地的义兴、天泉、永泉、裕源、公兴、距源、广泉、长春八大槽坊，在酿造技艺上各有秘诀。第三次国内革命战争时期，高沟人民以美酒慰问前线将士，陈毅元

小楷作品《将进酒》

帅慷慨高歌:"美酒香飘云天外,南征北战壮我行。我军痛饮高沟酒,定叫中华属人民。"新中国成立后,他还多次与周恩来总理谈到"你家乡的高沟酒很不错嘛!"而近些年获得的众多荣誉,更数不胜数了。

欢愉说,尽情喝。宴酣乐,众宾悦——告诉你,无须裘马换,尽兴足量,只为今世有缘。最后巧妙地回到主题,尽兴,是为催你作出好诗,若你作不出好诗,罚你多喝,可别耍赖呀。末一句"诗若不能佳,罚依金谷论酒数"回到李太白,槿轩先生用《春夜宴桃李园序》结句之典,可谓是信手拈来。

你瞧,通篇行文轻灵,笔意恣肆,刻画生动,语言幽默,无一雕琢之迹。形式上,与李白的《将进酒》一样,通篇以七言为主,杂以三、五言句"破"之,极参差错综之致;诗句以散行为主,又以短小的对仗语点染,节奏疾徐变化,奔放不失儒雅。意境上则与李白豪饮高歌,借酒消愁,抒发人生忧愤感慨,形成了鲜明对照。作者有着与李白同样的浪漫情怀,所幸,吾辈今天逢盛世,同样将进酒,心情却"异代不同"!

都说古体诗要反映时代风貌,槿轩先生的这首《拟将进酒》,应算作当下美好生活、和谐盛世的生动写照了。

洪福乾坤

三 笔记春秋

满满的深情,记录着小城中那些容易被遗忘、却值得被沉淀的人与事,有时,看似不经意的表达,却比用力喊叫更撩拨人心。

朝鱼始出清江浦

在古城淮安，你要问百姓最常吃的是什么鱼，无论大人小孩都会脱口而出：朝（cháo）鱼啊。

无鱼不成席。过去，淮安大大小小的酒席甚至百姓家宴的最后一道菜必为红烧朝鱼。老百姓有口头禅："朝鱼上，没指望。"现已名闻遐迩的"小鱼锅贴"也只是人们在烧朝鱼时为了方便，而在锅的四周用小麦面贴饼。饼因沾上鱼汤，又具有了一种特别的鲜味，更加美味可口，慢慢传开，成为今天的"淮安一绝"。可以说，朝鱼在淮安人的生活中有着举足轻重的地位。对于寻常百姓，可能一辈子未尝过什么山珍海味，但对朝鱼的鲜美却都能说出个一二三。至今民间还流传着："山珍海味摆一桌，不如小朝鱼唧唧"。

这深得淮安人厚爱的朝鱼，究竟是何种鱼也？

朝鱼，学名鲫鱼，一般体长为十五至二十厘米，体侧扁而高，体较厚，腹部圆，含有丰富的蛋白质及多种维生素，适应性强，广泛分布于全国各地湖泊。淮安人则称之为朝鱼。

为什么如此普通的鱼种，却深得淮安人的厚爱，也只有淮安人称鲫鱼为朝鱼呢？这可是有案可稽的。

据史料记载，正德十四年（1519 年），明武宗自封威武大将军，御驾亲征反叛藩王朱宸濠，十一月至清江浦（时属淮安府山阳县），住在太监张阳家中。长期生活在北方的武宗，见清江浦河湖池沼密布，鱼虾丰硕肥美，特别是常盈仓旁的积水池（即户部分司南园，今楚秀园前跃龙池）汇集涧溪水流，鱼族繁衍，壑洞清幽，别具雅致，大喜，累日娱钓于此，享受着垂钓的乐趣。《明史·武宗本纪》还特意加记："渔于清江浦。"上钩的多是三四寸不等的鲫鱼，十分喜人。武宗这垂钓也只是玩玩而已，当即就把这些鱼随意赐给漕督以下的一干文武官员。受者自以为十分荣耀，当然也不会白拿，投瓜报玉，献金帛为谢。一些豪绅巨贾也趋之若鹜，攀鳞邀宠，乞得一鳞半尾便招摇过市，夸耀乡里，谓之朝廷所赐。有的还张燃爆竹，锣鼓笙箫，敬请回家，养于窑缸，供于老爷柜，奉为"朝鱼"，以示荣宠。武宗一行也落个钵满袋满。如此一晃十多日，才恋恋不舍离开。武宗虽走，但这鲫鱼改称为朝鱼却成了老百姓茶前饭后的笑谈，老百姓不论是买的、钓的、网的鲫鱼，也都戏称为"朝鱼"。

次年九月十二，武宗经镇江、扬州返京时，又过清江浦，仍住在张阳家中。旧地重游，其念念不忘的仍是那汪池水，那垂钓的乐趣，于九月十五日，再次光顾积水池。这时大太监江彬为讨好皇帝，又出新意，说：

朝鱼

跃龙桥

"钓何如网？"随从也齐声称妙。"武宗跃登小舟，自泛舟渔于积水池"（淮安县志记载）。你想，一个生于深宫之内，长于妇人之手，不事稼穑的皇帝，何能摇橹掌楫，又怎会撒网技巧？结果，一使劲，重心不稳，"舟覆溺焉，左右大恐，争入水扶掖之"。大家手忙脚乱方将武宗救入舟中，当时，皇上并没有什么感觉，谁知受了寒凉和惊吓，回京后不多久，就一命呜呼了。《明史·武宗本纪》记载："九月己巳，渔于积水池，舟覆，救危，遂不豫。"为了纪念这位皇帝在淮的这段经历，时人便把这位"真龙天子"落水的地方称为"跃龙池"，现楚秀园的西大门前，池上之桥称为"跃龙桥"。东大门前的桥，则以明武宗的年号"正德"为桥名。

直到今天，朝鱼仍是老百姓的最爱。它以其丰富的营养滋润了一辈又一辈的淮安人。但这段历史可能已鲜为人知了。偶一席间，听文史专家荀德麟先生说起，吾记之，以示后人。既为古老的清江浦清澈丰腴、鱼肥水美的大河小沟再多点保护意识，也为淮安人为何把鲫鱼称为朝鱼的来历做个补述。这真是——

清江浦里多奇趣，一夕朝鱼换鲫鱼。
褒贬千秋谁理会，笑谈几许几唏嘘。

时光流淌驻祠堂

每每漫步于大运河畔,路过吴公祠,总会情不自禁地推开那扇绛紫的木门,轻轻走进。我羡慕轻叩门环的清风,迷恋那滋润碑文的阳光,更向往这清澈、温馨的运河水,它们可是这老祠堂最走心的陪伴。

初知吴公祠,是儿时纳凉时,从祖父娓娓道来的故事里知道,离家不远处的这座祠堂供奉的吴棠,是位朝廷命官。那汉白玉门楣上"敕建吴勤惠公祠"几个字是光绪皇帝亲题。当年祠堂香火之盛,在运河两岸是出了名的,加之吴棠与慈禧的扑朔迷离的传说,及他从贫民到总督的传奇人生,让幼时的我对这老祠堂充满了崇敬和好奇。

上小学时,正值"文革",下午只上一节课就放学了。此时吴公祠已为日杂公司的仓库,看守仓库的是我一同学的母亲,这儿便成了我们

吴公祠

吴公祠一角

捉迷藏的好去处。仓库里里外外堆满了各种各样、大大小小的坛坛罐罐，两边的厢房已近坍塌。高大的主屋虽然破旧，但夏天很阴凉，我们这群孩子的嬉戏，为这老屋平添了几分生气。毫不夸张地说，吴公祠地上每一块方砖，大殿里每一根木柱，都留着我和小伙伴的掌痕和足迹。

20 世纪 80 年代初，我在清浦中学任教，班里有位学生家就住在吴公祠。一次家访，我又走进这熟悉的院落，发现这里更旧、更破了，院里长满了荒草，厢房已倒塌。大殿的里里外外堆满了回收来的空酒瓶。学生家长是一个收废品的，看上去是个忠厚人，他神秘地说："老师，您是文化人，我带您看样东西。"

我随他走进阴暗潮湿的大殿，他指着祭堂两侧的墙壁。走近了，我看到两块碑，用手抹去上面的尘土，现出"吴勤惠去思碑"几个字，很清晰。当时我正临柳公权的帖，不禁想，这么漂亮的字，放在这里真是埋没了，顺口对他说："注意点别把碑弄坏了。"

"我知道！"他憨憨地说，"这是老祖宗留下来的好东西。"这位家长不经意的话语，让我很惊讶也很感慨，一个不识几个大字的人，也懂得前人留下物件的珍贵。

2006年，我调至区政府，分管文化工作。没想到，参加市政府的第一次协调会，就是讨论关于吴公祠修葺的相关问题。吴公祠日益破败的状况引起了社会的广泛关注，市政府将对吴公祠抢救式保护列入议事日程。会议最终确定吴公祠的产权归清江浦区文化局，由清浦区政府承担其修复工作。而我，则由一个吴公祠的关注者成为修复它的责任人。生长于清江浦，喝着运河水长大的我，看着吴公祠从破旧走向败落，在它濒临毁灭之际，要让它起死回生。这重任，让我顿时有了沉甸甸的使命感。

从市文保处接过维修方案，再一次走进吴公祠，心生感慨。破败的房屋，杂草丛生的院落，前堂的屋顶瓦脊已散败脱落，当年粗壮的梁柱已被白蚁蛀空近乎断裂，门楣上方那块御书"敕建吴勤惠公祠"的长方形的汉白玉，已承受不了岁月时光的磨砺，有了裂痕。若再不抢修，它

吴公祠整体照片

将面临"玉碎"。我当即召集相关部门，请文物专家，成立修复领导小组。在之后的两年修复过程中，从主屋维修到内部展陈，我们谨慎地做好每一个细节，这也更加深了我对老祠堂的了解，对主人吴棠的敬意。他"为官三十余载，其间屡经升迁，数度易地，但在清河时间最长。他造清江浦城，让老百姓免遭捻军之扰；他'实心任事，始终不懈'；捐款办学，亲自授课，深得清江浦民众爱戴"。因而，我们特在修复好的享堂为他塑像，塑像旁书联：一代封疆大吏，名闻四海；四朝廉政清官，造福一方。这是吴棠一生的真实写照，也表达了我们对他的崇敬与怀念之情。

"是非在眼，半身宦迹传佳话；冷暖由时，一座公祠续大名"。吴公祠，以它前堂独特的"硬山马鞍脊"、祭堂屋梁的"满堂彩"、保存完好的"去思碑"，在运河畔恢复了百年前的模样。再加上一副副新添的精美楹联，又给它增添了时代的美。

修复后的吴公祠接待的第一批客人，就是来自安徽明光的吴棠后人。他们既感动又感慨。要知，吴棠卒后，朝廷念其功德，按其人生足迹，在徐州、成都、清江浦和家乡明光共建了四座祠堂。现另三座已毁于天灾或人祸，唯清江浦这座祠堂因抢救及时，得以完好保存，为清江浦留住了这段宝贵的历史记忆，为大运河留住了一个可探幽访古的好去处。

时光流淌驻祠堂。我伫立于祠堂前，看霞落运河，看夏来秋去，时间真的不过是一瞬。

> 戏服千千美,
> 数她最独特

王瑶卿是著名的京剧表演艺术家,卓越的戏剧改革家、戏剧教育家,杰出的编剧与导演,是中国民族演剧体系的开拓者和奠基人。

在京剧舞台上,旦角唱大轴,他是第一个;旦角挂头牌,他也是第一个;旦角创流派,他又是第一个。

王瑶卿的徒弟甚众,梅兰芳的"纯",程砚秋的"正",荀慧生的"柔",尚小云的"刚",四大名旦唱腔皆得益于王瑶卿的指教,受益于王派唱法。他的教育主张又是"广大流派,有教无类", 因而被称为京剧界的"通天教主"。七十三年人生里,艺人中他为"无私"的楷模,教育界他是"奉献"的榜样,"艺高为师,德高为范"是他一生的真实写照。

《王瑶卿画传》第二章的开篇就是一件"花衫":

这件"花衫",色泽之美,做工之精,令当下苏绣技师叹

王瑶卿的戏服

为观止，曰，不可复制。而两面穿之设计，让现代戏曲演员大开眼界，曰，闻所未闻。

细观：圆领，对襟，罩腰围。带八云钩大云肩。袖口各缀八条彩绣花边。下裳为百褶裙，外罩由八十二绣带上下两层组成的"凤尾裙"，各部分装饰皆以彩绣完成。刺绣有各色人物、花卉、鸟虫等并有金线叠绣。通身各部位都钉缝有直径1.2厘米的银色金属圆片。

最大特点：可两面穿。

无疑是刺绣服装中的鸿篇巨制。

戏服千千美，数她最独特。

她的主人就是著名的京剧通天教主：王瑶卿。

这件缎地彩绣戏服，是王瑶卿当红时，在宫中给慈禧唱戏时所穿。他对这件戏服十分珍惜。特别是中年塌中后，这件戏服是他对舞台的唯一念想了。

新中国成立后，那几年是王瑶卿激情燃烧的岁月。尤其是在戏校校长任上，他倾囊付出所有给这个国家，给校园里的学生。他将自己的技艺悉数交"公"。

梅兰芳这样描述王瑶卿的工作："他和青年人有同样的朝气，很愉快地工作着。学生对他的敬爱如对慈父一般，他对学生的爱护也和对自己的儿孙无异。"

杜近芳、谢锐青、刘秀荣……一个个成为新中国舞台上的新星，京戏的名角，国家级非物质文化遗产（京剧）代表性传承人。

他带头与一批名艺术家，将自己最珍贵的戏服献给国家，由中国戏曲学校代为收藏。虽然于心而论，他们多有不舍，但为了新中国建设，

王瑶卿、王凤卿

他们又什么都舍得。可后来,"封资修"的戏不给唱了,戏校无奈停课,学生只得回家,这批戏服如被弃的孩子,无人过问。直到1978年戏校复课时,人们无意间在仓库的角落发现了这批戏服。

如果不是停课,这戏服一定被当作"封资修"烧了。

真是天意不灭,庆幸在那个时代的无人过问,为我们后人留住了这历经了晚清、民国的"最独特"的戏服。

戏服收藏于中国戏曲学院的库房里。前些年戏校建校六十年时曾公开展示过。当然,她若在戏博,在国博,定能让更多的人欣赏到这中国戏服的艺术之巅,感受到清末绣娘的幽静美妙。借此,时时缅怀大师,激励更多的人热爱、传承我们的京剧艺术。

回家真好

郎静山，世界著名摄影艺术大师。1892年出生于清江浦都天庙前巷。他是中国新闻史上第一位摄影记者，开创了中国摄影教育的先河，创立的"集锦摄影"在世界摄影坛上独树一帜。1995年4月13日逝于台北。

2018年秋，第二届"郎静山杯"中国新画意摄影年展，郎静山最钟爱的小儿子郎毓彬偕夫人专程从台湾赶来。

影展开幕式上，郎毓彬捐赠祖父郎锦堂的画像的复制品，六尺整张，原作为张大千1940年所作。画面是郎锦堂在戎马倥偬的间隙，盘坐于军营之内的情景。郎锦堂当时为晚清漕河总督陈夔龙属下，曾担任左营参将、两镇总兵，后又为晚清河道总督署水利督导，驻节清江浦都天庙前巷27号的郎公馆。郎锦堂虽为武将出身，但他酷爱中国戏曲并笃信佛教，喜爱书画，藏有大量的艺术品，他同时也对刚从西方传入中国的摄影术有着浓厚兴趣。虽然局势动荡，但他对艺术的热爱，深深地影响了幼年的郎静山。郎静山人生中拥有的第一台相机，便是十三岁时由其

郎毓彬携夫人参观淮阴艺术馆

父亲送给他的一台柯达相机，此后他便将摄影作为自己的终身职业，并取得了举世瞩目的成就。

摄影馆二楼郎静山艺术馆，展出了二十幅郎静山写实摄影时期的重要代表作品，为黄建鹏老师收藏，颇为珍贵。有些作品，毓彬先生也是第一次见，很是激动，夫妇俩与父亲的塑像、照片合影。

穿过都天庙前巷，到家了！

这可是父亲描绘过无数次的老宅，毓彬夫妇都很激动。

一张张老照片，一次次幸福的回忆。毓彬先生情不自禁地与夫人聊起父亲的往事，言语之间流露出无限的眷念。

走进卧室，看着祖父的带妆戏照，毓彬笑着对太太说："等我老了，也去做票友。"

新民路小学的从大群校长特意赶来，从校长告诉毓彬先生，他们学校成立了"静山学堂"，为的是学习郎老为人，传承郎老对传统的坚守

郎毓彬携夫人参观郎静山故居

与创新精神。从校长还谈到郎静山一生常说的三句话：别人的事我都顺从，自己的事从不勉强，与人相处不使坏心眼。

毓彬笑着补充道："还有第四句：事无不可对人言，这句话他对我们说过不下百次。"可见这话对毓彬先生影响之大。

看着影像中的郎大师讲话仍是浓浓的淮安乡音，大家倍感亲切。毓彬更是眼中噙着泪花。

毓彬夫妇都是艺术家，尤其爱好古琴，我们一行去了山阳琴社。淮安古琴学会会长李家祥热情接待了我们，并演奏了名曲《忆故人》。故乡遇知音，毓彬夫妇特高兴，连连称赞，在淮安听这样高水平的古琴曲《忆故人》，那感觉是不同的。

忆起儿时，他说，小时常坐在父亲的肩头，听他讲清江浦，讲淮扬菜，讲软兜长鱼。那感觉仿佛就是昨天。

我们在明轩酒楼招待了他们，毓彬先生说从未吃过如此正宗的淮扬

郎毓彬（左一）及夫人

菜，众人大笑。是的，淮扬菜就是：看似家常，胜似家常，清水出芙蓉，天然去雕饰。这就是家乡的味道。

20世纪90年代初，年逾百岁的郎老回大陆，原打算回故乡淮安，不巧在途中感冒，无奈匆匆返台。只让自己的摄影作品回乡作展，未能回乡，成了郎老一生的憾事。

二十多年后的今天，毓彬夫妇替父亲圆了回故乡的梦。毓彬先生摸着从父亲走后就未剪过的胡须动情地说，父亲若能看到老宅被保存得如此之好，一定会很高兴。

"回家真好！"毓彬夫妇说，"我们还会再回来。"

郎毓彬

满纸梅开溢深情

在著名的画家章农老诸多的藏画中，他最珍爱的是一幅腊梅图。

那是在 1979 年年初，章农老去北京出差，差事既了，与至交谢冰岩一起去看望老革命家李一氓。三位好朋友在北京相聚，谈得十分开心，当然，说的最多的还是敬爱的周恩来总理，谈到总理童年读书处保存的现状，惦念着总理当年亲手浇培过的那株腊梅。其实章老知道，二位好友难忘的是总理梅花般高洁的品质和精神。李老笑着提议："章小友，画一幅。"

好啊！随即，就在李老书房，章老裁了张六尺斗方，找了支大笔，在那不算大的书桌上，濡墨展纸。凝神片刻，龙飞凤舞，意匠经营，唰唰几笔，朴拙蓬勃、遒劲如铁的梅桩显现纸上。又用中笔聚气力满、顿挫有韵地穿插了些旧枝新条，用鹅黄加赭色点了一树浓浓淡淡、或俯

腊梅图

《周总理童年读书旧址窗前腊梅》

或仰的梅花。整个过程，法度存于胸，墨沈淋漓，超凡绝尘。谢老在旁，不禁叫绝，即兴题了首五言绝句：

    铁骨凌霜健，疏影映空阶；
    年年花劲发，仍为伟人开。

并书于画靠左的梅枝间。

看着腊梅图，谢老不禁又动情地讲起了令他终生难忘的那次与敬爱的周总理相见的过程。

章老提议，将这交谈过程记于图上吧，谢老没推辞，兴笔写道：

一九五九年暮春，我参加国务院召开之政务会议，中间休息，共进晚餐时，周恩来同志走到我们桌前，在谢老觉哉同志身旁坐下，对未单独见过的人一一问了姓名、籍贯，也问到了我，我说了姓名籍贯之后，他要我讲了一句淮阴话，他说"这个，还差不多。"然后他告诉我,他在六七岁到往沈阳就学前这段时间,住在淮阴河北大街,我说"十里长街?"他说:"对,十里长街。"现在看到雨师章农同志所画周恩来同志故居老梅,不禁感慨系之,特作五言绝句一首,用以抒怀。

洋洋洒洒写于图的下方,使画面更显丰满。

章老接着用篆书贴着右边恭敬地题写画名:"周总理童年读书旧址窗前腊梅",并郑重地盖上了章农、雨师,一阴一阳两枚印章。

两位大师怀着对总理深深的爱,我画你写,成就了一幅诗书画印和谐一体的上乘佳作。

李老欣赏着整个创作过程,笑着说,别停啊,如法炮制,每人一幅呀。得到李老的首肯,二位大师又兴奋地忙起来,一式三份。欣赏着这同一主题的腊梅图,大家更加怀念敬爱的周总理。是啊,梅花独步早春,它那不畏严寒的坚强性格和不甘落后的进取精神,不正是总理留给我们最为宝贵的精神遗产吗?

章农老先生写的对联

2006年章农老先生在国家博物馆办画展时,他特意将收藏的这幅腊梅图放在醒目位置,表达了总理家乡人民对总理的无限的爱戴和永久的怀念。

满纸梅开溢深情。近四十年过去了,李、谢二位前贤已仙去,章农老先生谈起此事仍是那么动容,一切仿佛仍是昨日之事。

八十岁的小学生

著名诗人赵恺老师今年八十岁。

庆生的方式很多,赵老师选择了从生日这天开始,重新做个小学生。

学校不是重点名校,而是以留守儿童与农民工子女居多的新民路小学。

入学仪式,以诗会进行。

学生,老师,校长,一首首饱含深情的《我爱》《母亲》……如泣如诉,为听众呈现了一幅幅难忘的历史画面。

学生们读着自己的诗,《标点符号》《冬天的礼物》……

冬天,我想悄悄问问你

可否帮我一个忙

捎一件棉衣,给寒冷的孩子

捎一个微笑,给孤独的儿童

我想和他们一起度过温暖的冬天

微笑和孤独一起度过冬天。呼唤与倾听,相隔着四分之三个世纪诗句朴实无华，情感真挚，赵老听得老泪纵横。这正是他信奉的人生信条，孩子就是上帝。

而留守儿童、贫困学生更是他心中特别的牵挂。四川凉山彝族自治州有一座悬崖村，垂直高度八百米，出入无路，全靠攀爬十七条藤梯。攀爬者中，有十五个在山下上小学的孩子。当他看到这一情景，含泪写下了《藤梯》——

不是儿童游戏，
不是竞技体育：
一座八百米纪念碑，
纪念藤梯。
十五个孩子，
一队爬墙虎，
贴着石头上学去。
学憧憬？
学向上？
学珍惜？
藤梯接着石隙，
一级，一级，一级。
最小的六岁，
第一级。
大地托举绝壁，
绝壁托举藤梯，
藤梯托举上帝。
难以承受的，

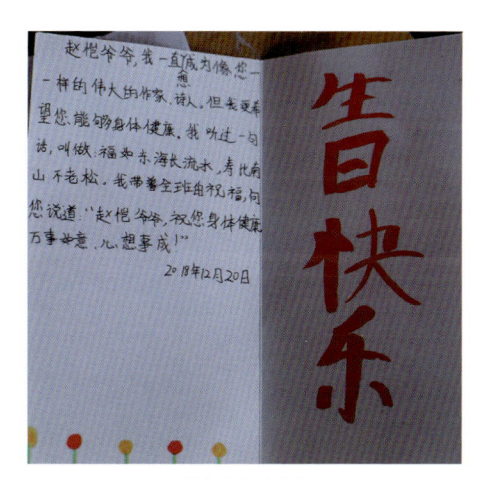

学生给赵恺的信

是重？

是轻？

书包里：

教科书，

练习簿，

圆珠笔。

语文第一课：

祖国，

母亲。

  这是怎样的一种诗人的激情与才华，这是何等的一种对社会关切与责任，方可写出如此金石般的诗句。

  他说：从今天起，我把自己编入新民路小学，继"1750"之后，我的学号是"1751"。入学，但不毕业，永远的学生，永远的小学生。

  什么是学生？赵老师告诉大家，学生就是学习生活。

  什么是生活？赵老师告诉大家，生活就是——立定志向，坚持创造。

  说得多好，不忘初心，无论人生走多远，回来仍然是少年。

  他用这特殊形式告诉大家，珍惜生命，从珍惜今天开始，他用行动告诉大家，打开幸福生活的金钥匙是诗歌，使好金钥匙的密码是：热爱。这分量重得就如爱因斯坦相对论定律：$E = M \times C$ 的 2 次方。

  而生活中的美学定律是：校园 = 诗歌 × 热爱的 N 次方。

  他还表态，热爱生命从热爱母校开始，他将与 1750 名同学一起，用热爱开启诗歌。

  最后，赵老师与全场同学们一起朗读了古诗《游子吟》："慈母手中线，游子身上衣……"琅琅童声回荡在校园，将诗会推向高潮。

其实，当学生是赵老师的谦辞，诗会结束时，校长从大群郑重地将"校外诗歌辅导员"的聘书送给赵老师。

愿"八〇后"的赵老师童心永存，诗心永存。

赵恺（左三）与新民路小学的学生们合影

致敬隆云

2022年5月24日凌晨，八十三岁的隆云法师在桂花寺安详圆寂。

桂花寺，原为桂花庵，建于明代万历年间。之所以叫桂花庵，并非因为庵内种有桂花树，而是因开山始祖名为张桂花。

相传张桂花当年是位大户人家的千金，后来家道中落，嫁到夫家不久，丈夫进京赶考，她在婆家遭受了百般虐待，后不堪忍受，找了家破庙出家。当丈夫状元及第，衣锦还乡后，到破庙想要接妻子回家。此时张桂花已看破世间炎凉，只愿与青灯古佛长相伴。丈夫无奈，便捐钱将破庙修葺一新，命名为"桂花庵"。多少年来，它一直是清江浦香火很旺的一座尼姑庵。

1943年春，李奶奶带着刚四岁的孙女与儿媳，去离家不远的桂花庵烧香，大人忙着正事，孙女就在后院的菜地玩。当奶奶与儿媳烧完香，敬过佛，喊她回家，她却告诉妈妈，还没玩够。妈妈说："那我们回去了。"她连头都没抬地说了声："好的"。庵里的尼姑们见这孩子很可爱，对李奶奶说："你

隆云法师

们先回去忙吧，她在这儿，我们会照看的。"第二天一早，家里人连忙赶到庵里，一看小家伙好着呢，仍无回家之意。这也许就是天意，在那兵荒马乱、缺吃少穿的年代，或许留在寺庙也是一条生路。从此，桂花庵吃斋念佛的尼姑中，多了个四岁的小丫头。她在桂花庵度过童年、少年。1957年，十八岁的她在镇江宝华山隆昌寺受戒，师父给她起法名隆云。世事浮沉，穿枝拂叶，她的人生经历了些什么，我并不清楚，上面的这些事，也只是在她淡淡的闲谈中所述，但说到一件事，却让我感慨万分，难以忘怀。

隆云法师在桂花庵

隆云法师的日常

20世纪80年代初，国家出台政策明确指出寺庙资产应归还寺庙。这让沉寂已久的大小寺庙都开始活动起来。不过，真正落实归还，还是需要有个过程的。此时，经隆云法师的努力，全市第一家恢复的寺庙是桂花庵，她还担任了市佛教协会筹备小组副组长。同时，城市的改造、开发进入了一个快速发展的新时期，运河边的寺庙已被拆去大半。最让隆云不安的是，新一轮城市改造方案出台，慈云禅寺及周边的寺庙都在拆除规划中。而此时慈云寺的房产还没归还寺庙。

慈云寺始建于明代万历四十三年（1615年），原名慈云庵。康熙十四年（1675年），玉琳国师南下云游，于慈云庵趺坐圆寂，享年六十二岁。朝廷得知后，为其大办法事，于庵后建法王塔。雍正十三年（1735年），又下诏改慈云庵为慈云禅寺，并建国师殿纪念。多少年来，虽历经烽火硝烟，世事更迭，它始终是里运河边重要的寺庙，是清江浦的六大寺庙之首。想到它将消失于城市的发展中，隆云内心不安。

这真是与城市的大开发在赛跑，隆云没有其他办法，只得去寻求上级部门的帮助。她多次去南京，目的地只有一个：省宗教局。

1989年8月13日这一天，她又来到省宗教局。工作人员被她的执着感动了，却也无可奈何，只告诉她一个信息："过两天，中国佛教协会会长赵朴初要来鸡鸣寺，你可直接找他，能否见到他，能否解决问题，那就看你的运气了。"隆云得到此消息，14日坐长途车回淮，连夜新拟《关于恢复慈云寺的报告》，15日又拿着报告，赶往南京鸡鸣寺守下。16日，赵朴初真的携夫人到了鸡鸣寺。可活动安排很紧密，她根本不可能沾边。就在隆云无可奈何时，寺内一女尼告诉她，赵老夫人要去卫生间，没工作人员陪。这可是天赐的大好机会，隆云赶紧去卫生间，简单地进行自我介绍后，连忙将报告递交到了赵老夫人手中。

接着，就是耐心地等待结果。1991年元月，随着新年钟声敲响，隆云得到了结果：尽快恢复慈云寺。

慈云寺的房产归还给了寺庙，但接下来要做的事还很多。面对空徒四壁的几间房屋，她赶到苏州西园寺求助，请求支持几尊佛像。像是命运安排好的，正巧，头几天苏州佛协刚从乡镇一不规范的寺庙中收回六尊佛像。隆云又从苏州赶到栖霞寺找车，将六尊佛像请到慈云寺。接着，她又从栖霞寺请来觉顺大师做慈云寺住持，并举荐他担当市佛教协会会长。赵朴初又亲自为慈云寺题写了"慈云禅寺"的匾额，慈云寺由此开始慢慢地恢复着元气。

隆云这才安心地回到她的桂花庵念佛修行。

现在想想，当时只要稍一懈怠，慈云寺就会像周边的其他寺庙一样，成为纸上的记忆，那将是多么可惜的事。冯骥才曾说过："历史文化是一次性的，如果失去，不可能重新恢复，没有就没有了，我们现在留下多少，后人就拥有多少。"是的，每个老建筑能留下来，都有着它独特而不寻常的经历，这是城市发展中的细节。隆云以她的真诚、执着和智慧为清江浦留住了慈云禅寺，为大运河留住了一个有形的记忆。

我怀念她，一个在桂花寺度过一生的简单、纯粹的女性，一个德高望重、和蔼可亲的老尼。

谨以此文，致敬隆云！

五味书院遥想

那天,严介和与大家交谈甚欢,多喝了几杯,信口道:"写几个字吧。"说着,摊开水写纸。我很好奇,满是醉意的他,会写点什么?鹏程万里?前程似锦……

只见他不紧不慢,起落有致地写下"五味书院"四个行书字。他还谦虚说,没临过帖,随性写的。其实,这只是他的自谦而已,几个字写得还是挺有味的。村口那"庄严智库"几个字也是他亲自写的,应该是有些功底的。

都道是酒后吐真言,这酒后写的也应是他心中最想说的话吧。想当初,这个普通乡村学校的民办教师,因违反计划生育政策,被开除。因生活所迫,踏上了打工之路。几十年的风风雨雨,成就了今天的世界百强企业:

严介和写作"五味书院"

严介和行书"五味书院"

太平洋集团。2011年，正在其事业风生水起之时，他却选择提前退休，将肩上的重担交给了儿子严昊。严昊不辱父命，入职第一年就使父亲公司旗下的一个小集团起死回生。单那一笔，就为父亲赚回了八千万元利润。他牢记父亲的教诲，凭着自身的聪明才智，为公司赚了不下千亿的利润，这也算是对自己父亲的一种报答吧。

如今老严退下来，是为了忙件大事，要在生他养他的家乡，建座"地球村"，要在地球村里，办座世界上最特殊的学校：五味书院。

严介和说，这五味是指：甜、辣、酸、苦、咸的五味人生，诠释：喜、怒、哀、愁、乐的人生五味。

看着"五味书院"几个字，首先跳进脑海的竟是鲁迅的"三味书屋"。三味是以三种味道来形象地比喻读书的滋味。说是读经味如稻粱，读史味如肴馔，读诸子百家味如醢醢(xīhǎi)（醢系肉或鱼剁成的酱）。"三味书屋"两旁屋柱上有一副抱对，上书："至乐无声唯孝悌；太羹有味是诗书。"在那只求温饱的岁月里，人们对读书的感觉，只能是品食菜肴的滋味了。

可见，这书屋与书院不仅只是大小上的差别，这三味与五味的意义亦不仅是品味上的不同。五味的"调和"，也只有在我们这个大发展的时代方能产生。

严先生虽离开校园多年，但在他的内心深处，教育仍是他最想做的事。他崇尚的仍是翁同龢的联语："绵世泽莫如为善；振家声还是读书。"那段教师的经历，养成了他爱读书、勤思考、善总结的习惯。这也是他后来事业成功的重要基石。现在，他要将他多年实践中形成的"富、贵、雅、仁、和"的教育思想，体现在他的"五味书院"里。规划已做好，简中园林布局，坐落着起舒文院、含饴榭宴、孝育港湾、悲慧智苑和杏坛讲堂五座中式建筑。融入了华佗论箭、化文智造、院训讲学、心灵之旅、商医汉药于五味体系。严介和动情地说道："这五味书院，以教育产业为引擎，成就湿地生态、异美经济、智慧人文。品起来是一架琴，走进去是一局棋，读起来是一本书，看上去是一幅画。"

多么宏大壮丽且经典雅致的设想！

严介和越说越激动："一流的企业就是一流的商学院，从北京的华佗论箭，到我们地球村的五味书院，要做的就是要为企业提供'智慧的源泉，前行的航标，栖息的港湾，品牌的引擎，文化的摇篮，心灵的家园'。"他洒脱地认为：无悔的人生是一部单车，精彩的人生是一路风雨，壮美的人生是一帘瀑布。他努力使自己的人生是一帘瀑布。

严介和指着远方，自信地说道："下次来，我在五味书院接待你们。"言语中充满着自信与憧憬，听得我们很是向往。过去很羡慕绍兴有个三味书屋，现在很自豪家乡会出现个更有特色的五味书院，我们殷切地期盼着。

地球村头发遥想，五味书院写宏章。祈祷他如愿！

诗书影印皆风流

我是先喜欢天公的作品，后认识其人的。

2018淮安第二届"郎静山杯"中国新画意摄影双年展，楼上楼下，里里外外近万幅作品，各种风格，各种新意，让人目不暇接。在负一楼东南角，一组清新淡雅的国画风格的作品让我眼前一亮，目不忍移。多美，宣纸打印，传统章法，书法题跋，篆刻点睛。摄影作品同时兼备了国画的特质，古雅清逸，别开生面。画面、题诗、小跋、印章都恰到妙处，连装裱的画框，都与众不同。让传统"翰墨"与现代摄影完美融合。

细看介绍，作者：夏天公。

展厅内一角

开幕式结束后，看到他与来参加开幕式的郎静山之子郎毓彬先生交换名片，名片正面是手书姓名与邮箱号，反面是自刻印与手机号，极简。郎先生笑对天公道："名片这样设计，你是第二人。"还有谁，郎先

夏天公（左一）给郎毓彬及其夫人讲解作品

生没说。是的，艺术家是靠作品说话的，一切名头，真的无须多言。

毓彬先生随天公去负一楼看天公的摄影作品。

谈到作品《古木岑寂》，天公有着说不尽的话。那是在严寒暴雪的荒原上，老树孤立的傲雪幽姿让其动容。连忙找个好的角度拍下，归后又因物寄情，赋诗题记，对影像所未能表达的内涵，加以诗文再度提升，古雅清逸。故而形成了这独具风格且视觉冲击力极强的画意佳作。

天公作品的用光和构图，有灵动的跳跃，又有丰富的简单，用影像的语言来说，就是惜光如金。如同绘画讲究惜墨如金，妙在点到为止，天公在这方面也做到了极致。既外师造化，中得心源，又不落旧窠，进而另辟蹊径，呈现了诗意的美感，且富有哲学意趣，给人以精神上的享受和感染。用他自己的话说："虔诚地记录，艺术地表达，关注于自己心仪的图式，用自己的语言讲述自己的故事，让懂的人懂得，让喜欢的人喜欢。"

夏天公及其作品

我们在他的作品前采访了他，听他讲创作的故事，听他讲新画意的理解与实践，受益颇丰。

那天晚餐，我与天公正巧同桌，听他谈玉、谈天珠、谈收藏，又让我见识了不一样的天公。他睿智的谈吐，丰富的学识，谦和的待人，让人折服与喜欢。当然，他的酒量也不一般呵。大家喝得尽兴，聊得开心，直到临近子夜，仍不愿散去。都说好诗功夫在诗外，其实好的摄影家功夫绝对也在摄影外。

第二天凌晨，他随几个朋友赶往白马湖，当天他发了条朋友圈："好一个淡雅、幽静迷人的白马湖。"

天公是个随性的人。正如他自序的开篇所言，在快乐的心境中，做喜欢的事，读喜欢的书，交喜欢的人。他说这三条，在淮安都得到了。这是他与淮安这座城市的缘分呀！天公的网名为"天公玩物"。一个玩字，道出了他淡虚名、轻功利的大艺术家的心态。

巴金灵堂的那只狗

十五年前，一百零二岁的巴金先生去世了。

著名摄影家雍和前去吊唁，心里也想着要拍点什么。

先生遗嘱，一切从简。设在家中的灵堂也很简单，并没有什么特别之处。一会儿，一只在灵堂前晃悠的小狗进入雍老师的视线。

一般的摄影者，会等狗儿离开再拍照。而雍老师没有，他特将这小狗拍入图中，并放在很抢眼的九分线上，还从不同角度抢拍了若干张。

有人说，这小狗儿是不是会影响老人家灵堂画面的庄严肃穆？

是吗？雍老师说，看见了这只狗，立即想起巴金先生晚年名作《小狗包弟》——那是画家韩美林讲给巴金听的故事，一个讲韩美林"患难小友"的故事。

韩美林后来出版的第一本动物画集，封面就是他的"患难小友"小狮子狗，画册名为《尚在人间》。

韩美林告诉巴金："我眼前总是浮现出狱

巴金的灵堂

主持人讲述作品背后的故事　　　　我（左二）与朋友同雍和（左三）合影

中小友的身影，一想到它被人打死时的惨状，我总是泪眼蒙眬，如果没有它，我真不知能不能活到今天。

"用'尚在人间'这四个字为动物画册命名，就是希望有灵性的、善良的生物们都有权利和人类共同生存在地球上。"

好友的故事，深深触动了巴金，让他想起了自家曾经的一条狗：包弟。也是"那个年月"的故事。

回忆了小狗包弟摇头摆尾、作揖连连、环膝绕身的种种"爱怜"，巴金以一支忏悔的笔，道出了自己迫于形势，把它送到医院供解剖研究的无奈与悔恨。《小狗包弟》后被选入2015年人教版高中语文教材中。

正因为雍和老师有这些知识储备，所以，他拍出了一般人都没注意的这张充满故事的图片。

都知道写诗"功夫在诗外"，其实摄影亦然。

也正如雍老师所说的，我希望别人能记着的是我记录的内容，而不是一种什么摄影理念。我的东西就是想要留得住些时代的痕迹，这比只在圈内获得叫好，更重要。

以此，纪念巴金，并为雍和点赞。

抚史忆建 铭温碑

在清江大闸南岸小广场，两棵古桐树间，"清江浦"碑赫然醒目。每当看到人们品读着碑文而在此流连休憩，我心底不禁流出一股温馨和自豪。

那是2011年初，清浦区政府在否决了一个"改造老街"的方案后，提出对清江浦的历史遗存要予以保护，并提议立块碑，提醒人们勿忘清江浦的昨天。

接到这个任务时，我深感历史责任之重大。清江浦深厚的文化底蕴，究竟要以怎样的艺术美学来展示？碑刻放在何处最合适？我心中很纠结。请了几家设计院，做了方案，都感到不理想。用天然石头，自然简洁，但缺乏文化底蕴。用琉璃表现，华丽高贵，但宫廷气太重，总感觉与老清江浦相去太远。

那些日子，我天天在闸口附近转悠，思考，期望着这伴我成长的运河水，能给我灵感。同时，请出诸多对清江浦有所研究的专家、书

清江浦

画家及各阶层代表，开座谈会，广泛听取大家意见。经过几轮商议后，大家达成共识，就在清江大闸的南岸，用与清江大闸同样的石材，以类似古代阙的形式，内设长方形汉白玉，正面刻上清江浦三个大字，反面刻上当时清河老县城的地图，最好再配上一篇介绍清江浦的文字。

《清江浦记》

方案既定，十分兴奋，在得到领导认可后，立即付诸行动。这碑记，当然是要请文史专家荀德麟先生为之而作最为合适了。限于碑不是太大，记文最好在六百字内。要求多多，勉为其难啊。但荀先生一星期撰成，很精彩，五百九十六字，清江浦的由来，历史的繁华及现状与希冀，一气呵成。

"记"要刻于碑，是让天下百姓赏读的，当然应以楷书来表达为最佳。我们一致决定，请我们清江浦的书法家戚庆隆先生书写。但戚老年事已高，且客居他乡，这么多字，他老人家身体能允许吗？我心中忐忑。

这时已近新年，我们连忙赶到戚老在南京的住处，当我们向老人家说明来意后，这位清江浦老名家十分高兴，一口应允。为防止电脑放大或缩小使字变形，戚老主动提出要按碑的实际大小画线，打格书写。等待中只过了一周，作品如期完成。魏碑味浓郁的戚老楷书，结体严谨，笔触遒劲，与荀公佳句辉映连璧，相得而益彰，真可谓是天作之合。

接着，我们找到时下淮安市最高水平的石刻专家，祖传石刻手艺的刘家父子。刘师傅听后，很为激动，因为就在大闸口北岸，"若飞桥"三个大字，就是他父亲所刻。这意义真的不一般，我笑着提醒刘师傅，责任重大，可不能丢了祖上的脸呵。刘师傅是个厚道的手艺人，他也是这样想的，后来也确实这样做到了。

为寻找与大闸同样的石材，即玄武石的一种，叫黑麻石，可市面上这种石料也无处可售。听说在黑龙江黑河边的一个小山上产黑麻石，刘师傅很为兴奋，新年刚过初五，怀揣三万元现金，匆匆上路，起早摸黑，终于在黑龙江边一个鲜有人知的小山村，找到了黑麻石。他赶紧落实开采，十天后，两辆大车，带着这些还留着凿痕的石材，奔波到家。

接下按设计尺寸开石料，用近三周时间的精雕细刻，完美施工，"清江浦"碑完美地立于清江大闸的南岸。正面"清江浦"三个字，取于我们古老的清江浦楼，雄伟沉稳，大气古朴。背面上勾勒的是清江浦老城的地图，更有戚荀二公美美与共的"清江浦记"。

为便于人们近距离观赏，周边又做成了一个小广场，与运河对岸的"南船北马砖碑"遥相呼应，成了清江大闸旁一道亮丽的风景。

抚铭温史忆建碑。从方案的提出，到每一步的完美实施，应该是一流的文章，一流的书法，一流的石刻，一流的施工，足以代表时下我们清江浦的文化艺术水平。

啰啰唆唆为一块碑写下这些文字，其目的就是想给人们赏读这碑时做个诠释。让人们透过这块碑，更加热爱这古老而又崭新的清江浦，热爱她独特的文化符号、精神记忆和生活方式。其次，今天的记录，即为明天的历史。我也想以此文告诉未来的清江浦人，作为清江浦历史进程中 21 世纪的过客，我们对她亦充满热爱，也努力地使她更美、更好！

经不起等待

欧阳中石先生于 2020 年 11 月 5 日永远地走了，11 日在八宝山举行了隆重的追悼大会。

悠悠岁月近百载，欧阳中石不仅属于他的专业逻辑学，他的业余爱好京剧和书法，更是了得，亦属专业中的专业。

他是当代著名书法家和书法教育家，书法得吴玉如先生真传；他的书法，格调高雅，沉着端庄，俊朗飘逸，古朴华美。他将对书法的认识概括为"作字行文，文以载道，以书焕采，切时如需"。这十六个字成为首师大中国书法文化研究院的院训。

他是京剧"奚派"艺术创始人奚啸伯的嫡传弟子，为京剧"奚派"艺术的薪火相传与发扬光大，付出了艰辛努力，作为名票形象在京剧舞台上也闪闪发光；他还是戏曲理论的博士生导师，对戏剧学术研究、京剧艺术及中国戏曲表演体系所做的系统探索，造诣深而影响广。

如果说人生是一个大舞台，那么，中石先生的一生应是罕见的多姿多彩。

欧阳中石先生为王瑶卿戏曲艺术馆题字

  这样的人生，照理应该说是了无遗憾了，但于我解读，于中石先生，遗憾还是有的。

  2016年是京剧"通天教主"王瑶卿诞辰一百三十五周年。作为大师的故乡清江浦，当然非常重视，举办了一系列活动以作纪念。其中一个便是让全国京剧人振奋鼓舞的决策，筹建"王瑶卿戏曲艺术馆"，要将清江浦打造成全国京剧圣地。王瑶卿的爱徒，全国著名的表演艺术家杜近芳高兴地说，艺术馆一旦建成，我要带着全国各地的徒弟，去艺术馆尽兴地唱一星期，以回报师父家乡的父老乡亲。

  这纪念馆的名字定了，题字应由谁来写呢？大家不约而同地想到了欧阳中石。前些年重竖的王瑶卿先生墓碑（字），就是出自中石先生之手。记得那天，天朗气清，日月同辉。王瑶卿先生的曾孙陪同我们，去凤凰山陵园拜祭大师，抚摸着石碑，爱好书法的我，能感受到中石先生笔下的崇敬之情。

  可这时，中石先生已生病住院。当联系人将想请他给王瑶卿艺术馆

王瑶卿先生之墓

题名一事，忐忑地说给病床上的中石先生时，他轻轻地说，会尽力的。

2016年12月28日，中国戏曲学院、中共淮安市委、淮安市人民政府在北京人民大会堂隆重召开了"京剧艺术的传承与创新——纪念一代宗师王瑶卿先生诞辰一百三十五周年"专家座谈会，中石先生没能来参会，但他的女儿代表他，带来了先生抱病写下的"王瑶卿戏曲艺术馆"八个大字，那情那景仿佛是昨天。

时间过得真快，转瞬四年过去，2021年是王瑶卿大师诞辰一百四十年了，艺术馆的进展如何？

我想，中石先生没能看到他题名的艺术馆的建成，多少还是有点遗憾的吧。同时，就在这等待的时间里，又有多少的京剧老艺术家、老艺人，也没能等到在他们毕生所崇敬的大师的艺术馆展示一下风采，就走了。

而仅仅最近几年陆续去世的——

谭元寿，那位用荡人心魄的唱功，让新四军指导员郭建光浸润人心的名角；

马长礼，还记得吗，反派刁德一的形象，由他演绎得入木三分；

张春孝，那个台上台下都站在刘秀荣身后的著名演员；

姚保瑄，王瑶卿的外甥，九十多岁带着王家众人致礼清江浦的可爱老人；

还有……

哦，还有我们身边的，清江浦区委宣传部蒋风云（前）部长，他曾充满激情地说："若要我在宣传部部长职位上做一件事的话，我就努力将王瑶卿戏曲艺术馆建好。"

还有吴渭清，《王瑶卿画传》中的文字就出自他手，写得多好啊！

真的是，不知明天与意外哪个先来。既然决定要做的事，就抓紧为之吧，尽量给人生少留遗憾。

赘语： 2023年我结集文稿时，发现相关老师中，刘秀荣、杜近芳、于王衡、宋长荣也走了。我们的王瑶卿艺术馆仍在新一轮的规划中。

参加座谈会的部分艺术家

老厂区的艺术范

第一眼，就被它的美深深吸引。

它的叶绿得那么翠，沐浴着盛夏的阳光，叶尖一顺儿朝下，均匀地铺满整个烟囱，没有重叠，不留一点儿空隙。一阵轻风拂过，叶子就漾起绿波，煞是好看。

多美的爬山虎！我想，若是拍出它的四季，该是件多么令人陶醉的事。

11月初的一天下午，我又去拍它的秋姿。此刻，爬山虎的叶子已成了酱红色，在阳光下透着红光，与夏天的绿判若两样，有着大不相同的美。

这就是清江棉纺织厂的老厂区，我将拍的照片发于微信群中，朋友一片哗然：烟囱也绿化？这创意极妙！

老厂区一角

老天恩赐，中国最美创意绿化！更有甚者言："最美绿化看淮安"。

儿时，家住一中大院，出一中后门大庆路，一排三个大厂：烟厂、光华厂、纱厂。那时常和三姐结伴去厂里洗澡。烟厂浴室，烟丝味呛人；光华厂浴室，池水腻得总觉得冲不干净。我最喜欢去的就是纱厂浴室，虽然离家远点。那时，纱厂女工白色的工作帽和白围裙，真赛过当今的最美时装。我们班级一女生借得邻家姐姐的衣帽照了一张二寸照片，让大家羡慕得无以复加，那时大家最大的梦想就是长大后做个纱厂女工。

上大学时，与我最要好的同学妈妈谈起纱厂，是那么动情。当初她带一双儿女从上海来淮安的第一站就是清江纱厂。她从南方请来自己的师父为纱厂技术革新，带纱厂女工去南方学习。

21世纪初，我在政府供职。此时纱厂已改制。按政策，纱厂的子弟学校交于地方管理，可遗留问题是：一批已退休的老师怎么办。他们当时只拿着一千多元的退休金，与其他学校的退休老师相比，差距太大。为此我多次与市政府相关部门协商，为此费尽周折，最后得以圆满解决。

再后来，烟厂扩容，兼并了光华厂的地盘，还将通往光华厂、纱厂的道路，变成了厂子的内道。你不发展，就会被别人发展了，这应是经济发展的硬道理啊。

这一提起来，又多少年过去了，清江纱厂只是淮安城市发展中的一个过往，是相关几代人的记忆了。当年那个能从一中后门口，一口气跑到纱厂的孩子，已过花甲。

再次看到这被爬山虎布满的老厂房，除了美好的回忆，更被它的艺术范所感染和陶醉。

改革，是发展的必然趋势。

常州的毛纺厂，老厂房没动，老机器还在，现在改造成"运河五号"，成了全国有名的艺术街区。

上海毛巾十六厂搬迁，当地政府将印刷行业老大，从深圳请来，原厂房没动，就连原锅炉房改作接待室后，原锅炉设施都没舍得搬走。原车间顶上每一根管道都完好地保留着。既保留了旧厂房的工业遗址，又运用当代的材料与建构为建筑注入了新的活力。为城市的发展留住了记忆，现为有名的"雅昌（上海）艺术中心"。

我们的老纱厂，应比这两个老厂的条件好多了。上苍还赐予了极具艺术范的"最美绿化"。

我们城市规划借鉴这些成功的范例，会少留很多遗憾。

然而，就在 2017 年快要走过之际，为了开发新的地产，这最美老厂房，在推土机无情的轰隆声中被夷为平地。

这最美创意绿化在一堆碎砖中失去了艺术范，没有了生命力。

我无力留住这承载无数人情怀的老厂房，留住这最美的创意绿化，我也终于没能来得及拍出这最美的四季景色，只能用文字与图像记下这美好的曾经了。

纱厂女工旧照

夏日的老厂区　　　　　　　　　　　　　　　秋日的老厂区

被夷为平地的老厂区

笔记春秋　　　　　　　　　　　　　　　　　　　　　　　　　　　　　　　173

北门桥上四节课

第一节 历史课

浮桥开序章,与城同发展。

北门桥,最早可追溯至清康熙九年(1670年)。时任工部分司驻淮官员的王士祯为了收验船税,首次在现北门桥处,用数只长方形木船首尾相接成浮桥。当有上下水船只通过时,随时启闭。后来船税划归"淮关",浮桥废弃。

道光二十四年(1844年),运河北岸建立了消防机构水龙局。为了方便水龙过河,用五只桥船,以铁索相连,船舷有木栏,每日定时开放让船只通过。清同治四年(1865年)秋,吴棠主持修筑的清江浦城竣工,北门(拱宸门)正对浮船,所以称桥为"北门浮桥",称渡口为"北门渡口"。

1932年,国民政府在北门浮桥处开建"拉桥"——较大船只经过前,须以绞索将活动桥面拖拉开,故称拉桥或拖拉桥。全桥长50米,宽5米,桥面分三部分,南北为固定桥面,中间为活动桥面。桥桩为钢筋混凝土结构，桥面和两侧栏杆均为木结构。到了 1939 年春，日寇从清江浦城南门入侵。国民党部队撤退时，为了延缓敌人进攻，在北门大桥的活动桥面上浇了汽油煤油，将桥面烧毁。

1945 年 9 月至 1948 年 12 月，淮阴城历经战火，北门桥也未能幸免。

新中国成立后，1954 年 7 月，动工修复北门桥，拉桥结构未变，桥高桥宽也未变。只用了 51 个工作日，在北门桥原有基础上整修完成。

北门大桥

1958 年，随着淮阴经济发展，市政府拓宽了北门大街，改名为人民南路，同时填汪平圩新造了一条人民北路，于是北门大桥改名为"人民桥"。

1963 年 2 月至 10 月，仅用了 8 个月时间，将桥面改建成钢筋混凝土的永久性桥面，桥宽为 8 米，桥长仍为 50 米，一座崭新的北门大桥飞架里运河上。至此，历经三十年时光的旧式拉桥退出了历史舞台。

1979 年，淮阴地区清江市政府又拨款 30 万元扩建北门大桥。在原钢筋混凝土桩柱东侧，增加了桥桩，将大桥桥面由原 8 米扩建成宽 15 米，其中车行道宽 12 米，两旁人行道各宽 1.5 米。人民桥又改称北门大桥。接着，1981 年北门大桥进行了抗震加固，2007 年桥面进行维修。

最近的一次是 2014 年 6 月，市政府用了一年半时间对北门桥进行了一次大规模的升级改造。桥面道路比老桥拓宽了 10 米，为 25 米。2016 年元旦，新的北门大桥以豪华的双向四车道，展示在里运河上。

北门桥从浮桥、拉桥，到钢筋混凝土固定桥面，宽度也从 8 米、15 米，到现在的 25 米。随着社会的发展，它也发生着变化。由一座桥的改变，

历史长河中的北门桥

见证着我们这座城市的变化。不由感叹，三百年光阴不过是转瞬之间。我辈有幸，生于和平年代，岁月静好。

第二节　科普课

老桥新使命，一专且多能。

现在的北门桥，其实并不只是"一桥横架南北"，便捷通行的简单桥梁，它所承载的更多的是里运河水位控制工程重任，具有城区防洪、排涝、补水、通航、亲水景观等诸多综合功能。

随着北门桥控制工程节制闸功能的实现，淮安区的堂子巷和清江浦北门桥两闸之间的里运河也属"围堰成河"，其间16.8公里长的里运河已形成一条"文化长廊景观河"，这条"河"里适合多少水、需要多少水，都是通过这两座工程中的闸站调度功能来实现的，达成调节里运河水位以及防洪排涝和水运等目标。

北门桥控制工程节制闸是淮安城市防洪重点工程，工程包含一座孔径30米宽的节制闸，闸门采用一扇底轴驱动平面翻板钢闸门，深基坑南岸采用双排格构式地下连续墙支护，北岸采用预应力锚索地下连续墙支护，南北岸之间还要浇灌一道水闸底板，整体就相当于一个"U型槽"，以满足水闸和桥梁整体稳定要求。"水闸底板起到的作用是承担闸体和桥梁的重量，尤其是桥梁对地基沉降变形要求极高，地基稳定至关重要"，水闸底板的要求很高，当时特请河海大学对大体积混凝土温度控制技术进行了专题研究。应该说现在的北门桥，才是真正意义上的"板闸"。

站在桥上，我们当然看不见，它们在水底保护着这座城市旱涝无灾。

若没有这闸，运河大堤是万万不能似现在这样悠闲躺平的，也就没有现在的里运河风光带的"亲水平台"了。

第三节　文物课

工程遇文物，同兴创新篇。

2014年7月16日，北门桥控制工程刚进入全面施工且不到半个月的时间，在基坑开挖的过程中，清江浦北城门及城墙遗址浮出水面。在这文物保护与工程推进两难之际，市主要领导做出了"文物保护与工程建设统筹推进"的决策，市水利部门与文物部门联手编制并采取了文物原址保护的两全方案。随后又挖掘到战争年代遗留的炮弹、航弹等爆炸危险品，更有来自洪泽湖大堤上的一些大条石"出土"。物证证实了吴棠当年拆堤建城的史实：

洪泽湖大堤全长67公里，北起淮阴区码头镇，南达洪泽区的蒋坝镇，花费了大量人力财力，前后经历171年，临湖一面全用18层条石垒成，使用的是江南运来的大青石，石块之间则以铁锭连结。清同治三年（1864年）春，为了防备捻军的骚扰和进攻，时任清河县知事的吴棠开工修筑清江浦城，将洪泽湖高家堰北端的一段，即淮阴区码关镇仲弓村至高堰乡武家墩一段的石堤大条石拆下，作为砌城的材料，翌年秋即告竣工，花费白银12万两。

保留南岸留下的老城墙，利用桥下通道建博物馆，让市民行之可见，为无声的教育，不忘过去，珍惜当下。可以说这是建设工程遇到文物完美处理的成功范例。

第四节　文学课

潮音诵联语，胜迹留千秋。

清江浦老城，东南西北各有一道城门，安澜门、迎薰门、登稼门、拱宸门，其中北门拱宸门位置就在现今的北门桥南端。2014 年的改造提升，在北门桥桥头增加了四座桥亭，并设置了楹联、亭名匾额和桥记，其样式和风格都努力还原清江浦"拱宸门"历史风貌。还增加了观景台，供市民近距离感受老城风貌。此外，桥栏杆也做了精心设计，栏杆的材质选用的是福建青花岗岩，栏板两侧均雕刻精美图案，图案选自道光年间江南河道总督完颜麟庆（1791~1846）所著《鸿雪因缘图记》。

四座桥亭的亭名与楹联的编制，均独具匠心。

南东侧：拱宸亭，以"拱宸"为名，显然是为了追忆老北门，传说这是拱卫君王居住的地方，因帝京在北，所以过去很多城堡北门，都以"拱宸"为名。

亭联：（1）四维张五德；一阙映群星。

（2）北上樯悬吴楚月；南驰轮卷燕云尘。

南西侧：会漕亭

亭联：（1）云帆怀水邑；河汉扼星枢。

（2）天庾桥易明清迹；古浦波兴昭代风。

这里的枢，即天枢星，北斗七星之一，又可为枢纽，暗指已历四朝之清口水利枢纽，而众支派环抱之。

北东侧：瞻斗亭。取意瞻仰北斗星，具有导航辨向之功，亦暗指北方。

亭联：（1）观星朝北勺；击楫济中流。

（2）潮音传玉宇；鹢首叩天河。

北西侧：怀恩亭。这好理解，心怀圣恩；西向正是周恩来童年读书处，故含常怀周公之意。读书处有周恩来手植梅，为一方胜景。

亭联：（1）千秋绍圣迹；万里探梅舟。

（2）袁浦书声远；河街胜迹长。

北门桥下通道也置了横额与楹联：

南面东侧，横额：清江弄影。联：舟行夹岸楼台上；星沐连宵波浪中。

南面西侧，横额：鸟啼烟柳。联：日照残垣遗础固；锤呈折戟涤沙斑。

北面东侧，横额：名邑舒襟。联：运都潮涨三篙水；古浦帆开万里风。

北面西侧，横额：气吞河汉。联：龙喷雪籁晴云动；闸启雷奔烟雨飞。

我这样未做取舍地罗列，是因为这每座亭名取的、各联作的都是那么适时、适地、适景。这些都出自著名的史学家、辞赋大家荀德麟先生之手，他的《美好江苏赋》入选了大学语文教材。现在，在这北门桥上他又为我们上了一堂高水平的文学课。哦，还有，无论亭名、横额、楹联都是淮安顶尖的书法家所书，正草隶篆，各领风骚。难怪有人说，要想知道淮安书法水平，到北门桥上看看，就会了解几分了。

瞧，北门桥上的这四节课多精彩，文理兼并，内容丰富，耐人寻味。所以每有外地朋友来淮，我总要带他们到北门桥上走走，不无自豪地给他们上这四节课。当然，若站在桥上，看夕晖洒满里运河，那可又是别有一番风情哦！

清江浦古城墙遗址

微斯人，吾谁与归
——写在『百花百年庆祝建党百年诗书画印四人展』开展之际

人与人之间，有些缘分真的是上天赐予。

那年春，子洲从北京采风一路南下，路过淮安，一朋友宴请他，邀我作陪。餐后接着一个小型笔会，只见他在现场点染挥笔就没歇过手。此后，还特地为给大家倒茶递水的服务员写了一幅作品，以表谢意。这一无意之举，让我印象颇深。我俩互留了电话，美好友谊就从这平淡的相识开始了。

可以说子洲每次来淮，都能感受到淮安朋友的无限热情——许多交流都是在觥筹交错间完成的。

庆祝建党百年诗书画印四人展

2019 年初，已是子洲第 N 次来淮，仍是几杯酒后，他提出，我们几个好友，不妨合作做件事吧。好呀，做什么呢？文人之事，无非是诗书画印，关键是如何做出特色！子洲自告奋勇道："以平常花果为主题，我先画，请荀主席题诗，自

书画展上的作品

标来治印,大姐你书写,如何?""好!好!"我连声道"好"!可是我能行吗?相较身边这三位重量级的全国知名大家,我心里还是有点胆怯。子洲的画不用说了,早就闻名遐迩;荀主席,是全国著名的史学大家、诗赋大家,他的《美好江苏赋》入编大学教材;吴自标,这才完成央视《书画频道》十五节篆刻课,可以说是网红人物也不为过。可能看出了我的不安,子洲道:"姐,不要有负担,一起创作,只是为我们的友谊锦上添花,共同做件终生难忘的事。"有道理,就为这终生难忘,我也要好好努力一把。

当时说得很兴奋，其实于我来说并不轻松。开始是画的尺幅大小的确定，子洲先画了四尺斗方，几张画后，我感觉我的字太小，"hold 不住"（驾驭不了）。子洲又改为四尺四裁条幅，这样忙了近一年，感觉还好，但仍觉得特色不太明显，没达到理想境界，尤其是印的分量，仍显轻。子洲果断决定，重来，并提议我试试文徵明的《落花诗》的结体风格，那种清秀超逸，会与写意的花果更为匹配。

果然，临文帖的第一天，我就喜欢上了这书写开张、灵活、生动且率性而娟秀的书风。

又是一年多的努力，如今无论从形式，还是从诗书画印的内涵，都是那么和谐醇美，突破了常见书画作品中，印章只是点缀的常态。画、诗、印都在变，子洲建议，这书写的字体就不能再变了，只是在布局上随印的位置稍作变动。说实话，面对已盖好印章的小扇面，如何布局？这对我的审美意趣还是很有挑战的。

又经一年的努力，"打磨"了我小楷书写的现在模样。"妆罢低声问夫婿，画眉深浅入时无？"我还真有点新嫁娘的忐忑。只怕我的书写会损坏了三位大家的诗、画、印。但想到子洲所说的"为我们友情做件终生难忘的事"，这两年自是勉力而行，子洲的不断鼓励，槿轩的严谨要求，自标的宽厚包容……在这共同创作中我受益良多，也有了提高自己书写水准之外的更大收获！忆及此，一切释然。

有人说，所谓志趣相投的朋友，不是你追我赶地强求来的，而是有趣灵魂之间的互相吸引。此言甚是！

诗之德麟、画之子洲、印之自标。噫！微斯人，吾谁与归？！

附：择来一纸抱春天——写在"百花百年"首展结束时

正如子洲所说，这"百花百年"诗书画印四人展，这同名书的制作，定会成为我们四人友情中毕生难忘的事。

是的，从动意、筹划，到画幅大小、诗画印布局的确定，一次次商讨，一次次创作，一次次推倒重来，特别是负责装裱的仓老师，从托、裱、装框，每一步都坚持自己手工传统古法制作。负责画册设计的马老师，一稿又一稿，画、诗、印、文的正确对应，毫无差错，这背后的辛苦，只有做过的人才知道。负责布展这期间，真的让我有太多的感动与难忘。

2021年6月18日，这开展时的一幕幕还历历在目，转瞬，一个月的展期已快结束。

市文联王维国主席给予作品高度评价：

"'百花百年'这批作品，正如习近平总书记所说的那样，'像蓝天上的阳光、春季里的清风一样，能够启迪思想、温润心灵、陶冶人生，能够扫除颓废萎靡之风'。可以说，'百花百年'以其独特的艺术理念和呈现方式，为观众提供了丰富的精神食粮，向世人展示了传统文化的魅力。"

特别是，开幕式上，现场拍卖了七幅作品，拍卖所得一万三千六百元全部捐给淮安妇儿基金会，让画展开幕又成一个公益活动。

这一个月，受到诸多朋友的不同形式的鼓励，让我始终沉浸在感动之中……

例如：淮安市一院吴晓平现场留言：

大热天　小清新
——报社观画展

没有壮阔的大山大河,也没有气势磅礴的泼洒,诗、画、书法、篆刻,四个互相欣赏的好友,各取自己的所长,在报社大大的展厅里,营造了一片小清新。

王子洲的画,除了一群活灵活现姿态各异的公鸡,还有许多趣味盎然的绿色小品:一片芭蕉、一朵黄花,一枝红杏。难得荀老爷子有雅兴配诗,章侠女士拿出秀里秀气的小楷,最后,啪的一声盖上个红红的印章——吴自标篆刻的精致小章,就像美女在小轩窗里化了半天妆,终于抹上了红唇才算完事一样,至此,一张秀色诱人的字画才跃然而出。

都说书画是个体劳动,此地却有恰到好处的团队协作,符合时代精神,也很温馨,最主要的是,挺美的。

赵业成在今日头条上写道:

闲暇之余翻阅《百花百年》,荀氏之诗对仗工整,用字措辞极其讲究,可谓字字珠玑;王氏笔下之百花,涅槃重生;章之小楷亦是提神壮气;吴氏则仰仗手中"铁笔",纵横捭阖,跃然石上。诗书画印,既相对独立,又相互呼应,不可或缺。泱泱百幅,宏观上简洁明快,和谐统一;微观上则浓淡相间,无一相似。四先生之才华,令我跷指称绝,心情愉悦……

一人,一茶,有《百花百年》相伴,优哉游哉!

还有诸多好友观展后,没忘以诗的形式给予鼓励,我选了几首,写成作品,铃上我们"百花百年"的小印,以作留念。

兄长带着年逾九旬的父母来看画展

朱洪滔

四友花媒一段缘，文坛信可百年传。
诗书画印成珠璧，绝后难知却空前。

陈雪琴

择来一纸抱春天，轻点花心蕊变仙。
画意诗情今印就，时人慧眼识金篇。

钱光华

诗书画印共登台， 四艺相融巧剪裁。
传统宏扬求创意， 百年又见百花开。

张殿云

联手四君同奏琴,诗书画印百花吟。

百年党庆奇观展,慈善助推捐万金。

刘万玉

画印诗书一纸芬,百花庆党百年辰。

丹青笔染万枝秀,骚客墨增千句醇。

字字端庄书楷秀,章章灵动盖钤珍。

大家联袂馨香卉,朵朵向阳来谢恩。

周长荣

百年百画百诗文,小楷娟娟率性真。

养性修身书一览,抚琴击鼓酒三尊。

千杯未使苟公醉,七卷方能意境深。

雅士今天淮上聚,墨香飘逸又歌春。

一个展,能让观者感受到生活的温馨;一本书,能给读者悠哉的快乐。真觉得一切付出都是值得的。

择来一纸抱春天。从内心感激各位朋友,有你们相伴,同看一路百花,同享人生百年。

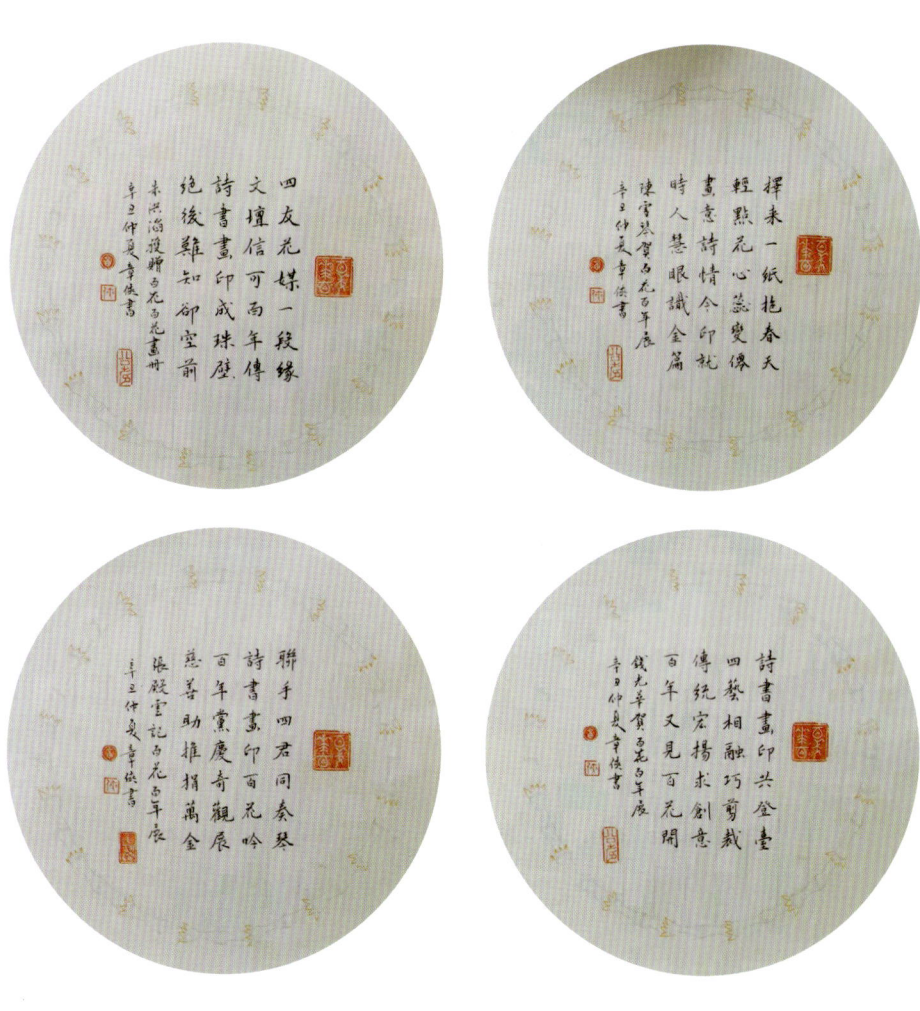

四友花朵一段缘
文坛信可百年传
诗书画印成珠璧
绝後难知郭室前

择来一纸挽春天
轻点花心慈变像
画意诗情今印就
时人慧眼识金篇

联手四君同奏琴
诗书画印百花吟
百年赏庆奇观展
慈善助推捐万金

诗书画印共登台
四艺相融巧剪裁
传统宏扬求创意
百年又见百花开

将好友的赠诗以小楷书之

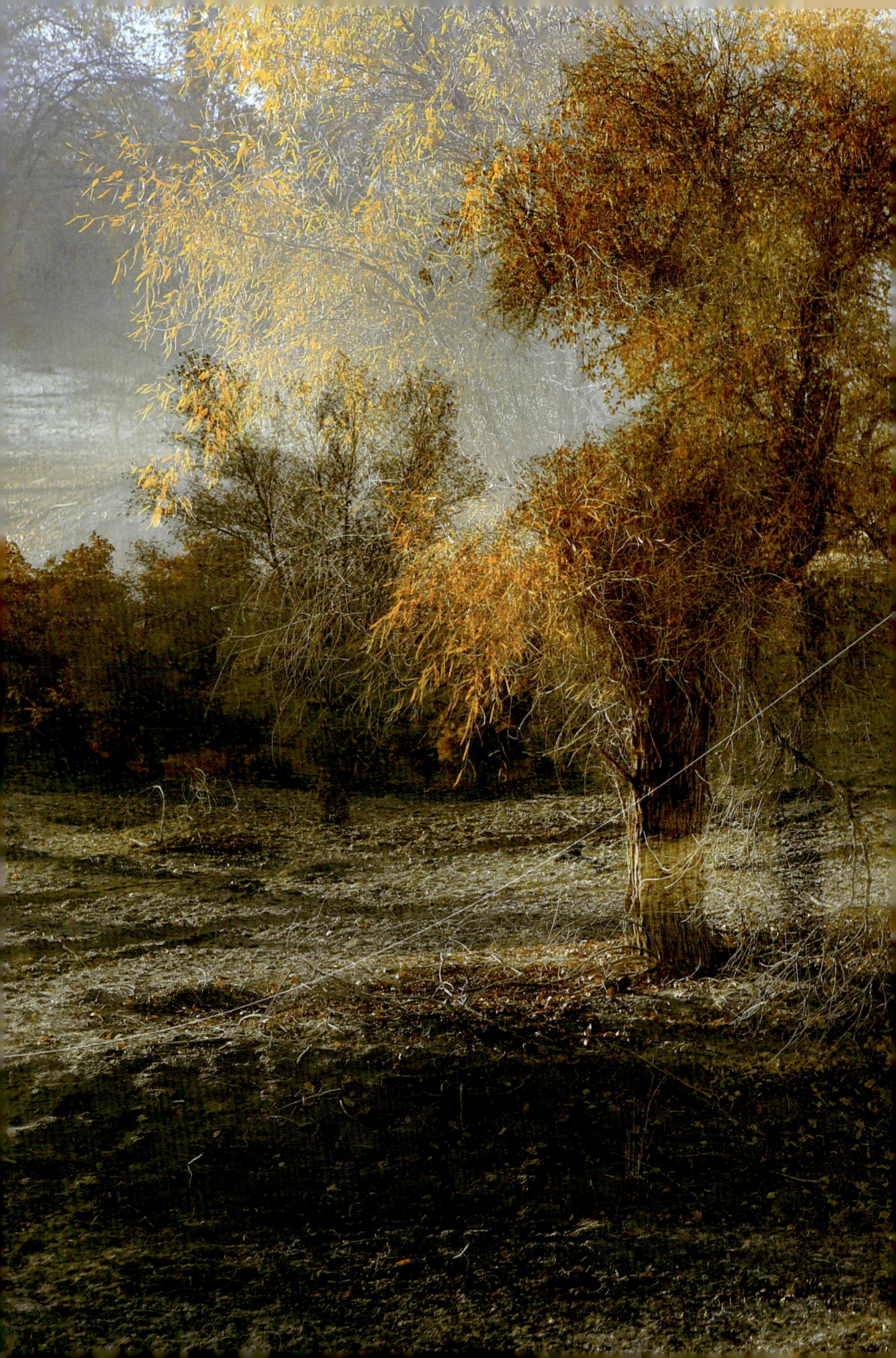

远行自在

四

沿着运河出发,远行,去寻找不一样的风景。一抹白云,一片诗意,一方自在。心源独特,以得天趣。

我愿是西藏上空的一片云

我不舍摇上车窗，我是那么那么痴情于西藏的云，恨不能牵扯下一片带回家乡。

都说到西藏要看神山、圣湖、寺庙和虔诚的信徒，可我觉得西藏的云其实才是最值得欣赏的。在天地间，造物之神将最壮观、最精美、最典雅、最浪漫的云留在了西藏高原，神山、圣湖的壮美与神秘，似也都依赖于云的衬托。年年月月、时时刻刻，缭绕着神山、圣湖、庙宇，不断地变幻着色彩和形状，使人们每次看到的神山、圣湖、庙宇都会有不一样的惊叹和感悟。

西藏的云，无论是漫步在高山峡谷间，还是飘荡在绿色草原上，或是倒映在湛蓝的湖水中，与苍鹰为伴，和清风共舞，它们都是那样悠闲，飘逸，怡然地在天空享受着属于它们自己的一切。一如藏民们纯朴与自然的生活态度。

西藏的云会说话。它们在蓝蓝的天幕上时而幻化成一条洁白的哈达、一只奔跑的小鹿、一匹湖边静静吃草的骏马，时而又像一个顽皮的孩子

西藏草原

在追赶他的一群牦牛,像一个安静的少女在水中欣赏自己的娇容。蓝天则将它们装订成一册神奇的连环画,诉说着天上人间的童话故事。

西藏的云特别好客,我们走到哪里它们总会追随到哪里。静下心来,我听见了它们的轻吟低唱。真的让我陶醉。

一路看云,听云,读云,思绪也随云儿自由飘荡。

曾读过唐代大诗人元稹留下的千古名句:"曾经沧海难为水,除却巫山不是云。"我想,这元稹定没到过西藏,如果他目睹过西藏的云,诗断然不会这样写。沧海之水无与伦比,巫山之云却非绝色。巫山云的美丽是可形容的,西藏的云,却找不到贴切的词语来描绘。其实,巫山云之美,多半是云里包裹着巫山神女和楚王春梦,还有元稹先生的人生况味。而西藏云的美,它充满神话传说,蕴含着宗教般神圣和纯洁无尘的神秘之光。在无言的白云背后,你仿佛可以听到悠长的诵经声在天宇间回响。悠悠白云,它已经把生命、宗教、信仰,深深地印在了西藏的天,西藏的地,西藏的雪山和江水湖泊中。它已超越了个人的世俗得失,

西藏的云之一

西藏的云之二

所以才会形成这无与伦比的图画。

记得有一句俗话说:"女人心,天上云。"我觉得,这女人的心如真像西藏天上的云,那她必定是一位内心丰富、充满情趣、乐观豁达,对生活永远充满激情的大气可爱的女性。

到过西藏及生活在西藏的人,如果你没注意过高原多姿多彩、变幻无穷的曼妙祥云,那真是太可惜了。仰望天空,那漫天飘飞千姿百态的祥云定会带给你永不重样的好心情!

当我落笔写下这些文字的时候,萦绕在心间的是我的一个梦:若有来生,我愿是西藏上空的一片云。

多彩的延安

多年来，延安在人们心目中就是革命圣地，是红色的，同时，又是相对贫困的边远山区。

己亥初秋，我随几个朋友，一行五人自驾陕鄂行，第一站就到了延安。两宿三日，颠覆了我陈旧而模糊的延安印象。

一路高速，日行一千三百公里，五省（苏、皖、豫、晋、陕）悠悠过轻车。傍晚即到延安市甘泉县下寺湾镇，在一宋姓家庭旅馆住下。心下尤起感叹：高速公路，让距离已不是问题。

沿街向东不远，是下寺沟村，这里有着唐朝古寺：白鹿寺。该寺建时有正殿六间、厢房十八间，清嘉庆本《延安府志》记载："白鹿寺，唐大历年建，后晋天福年间重修。

延安美景

殿宇宏伟，丛林极盛。历代宋、元、明皆有增修。寺内有白牡丹、银杏，相传唐时遗种，移植即枯。"这些，都是写入历史的。千年古寺经历了太多的天灾人祸，庙宇多次复建，唯有当初僧人种下的银杏树，虽历经千年，仍苍劲挺拔，枝叶茂盛。银杏树高约二十米，树围九米多，我们五个人手拉手竟然无法合抱。树腰、树的枝杈间挂满了红色的飘带，像是树上披挂的红色铠甲。这些都是求拜者在祈福与祝愿时挂上去的。在当地百姓心中，古树已然成神，化身如佛。

其实，淮安也是古城，可我们已经找不到过千年的树木。许多老树都在快速的城市化发展中湮灭了，想想挺可惜的。

这家民宿的男主人，酷爱当地曲艺陕北说书，是著名说书艺人张俊功的徒弟。我们请他唱两段，见识见识。他很有仪式感地穿上传统的表演服，手持三弦，耍板绑腿上打节奏，自弹自唱、说唱相间地唱了两段，一段传统，一段现代。我第一次听这说唱，很为喜欢。他将师傅的介绍放在旅社的客厅里，还告诉我们，像他这样的传人有一千多个，分布在各个乡镇。是呀，具有地方特色的传统艺术，就是要靠当地人这种无功利的、执着的热爱，方可传承。

这些，拓展了我对延安的认识。

白鹿寺中的银杏树　　　　　　　民宿男主人

雨岔大峡谷

更震撼的是，这里的雨岔村，有着可与美国羚羊谷媲美的雨岔大峡谷。

雨岔大峡谷是 2017 年初，北京地质爱好者在拍摄黄土地貌时意外发现的。仅一年多，便以东方的羚羊大峡谷之美名迅速走红。

美国来的游客，则说它比羚羊谷还要美，我看亦是。

首先由于羚羊谷气候干燥，峡壁颜色殷红。而雨岔雨水充沛，峡壁上多青苔，在阳光下呈现深浅不一的绿色波浪。那美，真是不要不要的。

其次，雨岔有大大小小、各式各样的峡谷几十个，形成了独特的峡谷群。这是美国羚羊谷无法相比的。

目前对外开放的有五个峡谷：龙巴沟峡谷、花豹岔峡谷、牡丹沟峡谷、凤凰沟峡谷、桦树沟峡谷。五个峡谷地质又各有特色，各有其美。

在当地向导小陈哥的带领下，我们去了还没对外开放，当地人称为"一线天"的峡谷。没有路，沿途茅草半人深。时有乱石阻行，飞泉湍流，共鸟鸣嘤嘤，仿佛整个世界就咱几个人，穿越时空亿万年。那种半担忧半兴奋的感觉，半游乐半探险的心态，真是久违。

行程一个多小时，才到峡谷口。途中，年过古稀的漆哥不小心摔了一跤，我们都吓到了。要知道，万一有个什么，想出去只能靠直升机了。

还好没事,虚惊一场。晚上回到住处,漆哥以诗记,我录之:

摔了一跤

今天摔了一跤

在"山谷"之中

因为无意识

故而摔得扎实

大意中一滑

右后方落下

耳听得相机的碎裂声

身体被左撞右托似的落入"V"形石隙中

仰面躺下

高度约两米

身重九十二公斤

年纪七十有余

同伴直呼"不好"

自感当时无暇顾及

诚然

自行爬起时先试相机

只可谓"下意识"而已了

虽只一瞬之间

然而后果难测

我只能戏称之为"神力"

朋友称说"骨密度"尚好

或

冥冥之中的丹田之气
使身体翻转中倒下
福依所气
造化因果
不一会儿
扶我起来的同伴
惺惺相惜地说道
之前他也跌了一跤
哈哈
跌跤也有结伴之说？
老人跌跤也会有避羞之感？
反正你称我骨密度尚好
我也说你骨质也未老化
说来呀
我们这代人
岁月让我们更多了一些韧性
同勉 同乐

此事
我知道
天知道
朋友知道
家人不可知道
不然

什么"神力""丹田"之气

统统"没气"

剩下的

只有回家做饭了！

注： 一、 山谷为陕西省甘泉县下寺湾镇一时光峡谷（还未开发，我称之为）。

二、 打油诗一首，自嘲，纪实有惊无险真实的一幕。事后看右小腿内侧两处表皮擦痕。确有后怕，以后不可。

这诗没有亲历，是写不出的。

峡谷之行，让我回忆多多，亦成五律《秋日游雨岔大峡谷》：

风爽时盈袖，羁游峡谷间。

谷幽多料峭，峡长少丛菅。

迈脚轻探路，搀扶好相攀。

此中何意趣？未叙已开颜。

回家后用小楷写之，以为纪念。并想告诉各位朋友，延安是多彩的，特别是你若想感受大峡谷的别样壮美，来延安吧，会给你惊喜的。

小楷作品《秋日游雨岔大峡谷》

清江壮歌唱利川

从延安出发，一路高速，途经中国自行设计施工的世界最长的双洞单向公路中南山隧道——全长 18.02 公里，很快就到利川了。

利川是一座古老而风景奇特的城市，位于鄂西南隅，因土地肥沃，物产丰富，为有利之川，故名"利川"。境内山多、水多、古迹名胜多。

利川，这地名在我，可是很早就知道的。

学生时代读过著名作家马识途写的小说《清江壮歌》，说的是抗日战争时期清江边的故事。书中有个女共产党员叫章霞，居然与我同名同姓，真的让我兴奋了好久。就冲着这个名字，我认真地读完本小说！又去查地图，才知道书中这个"清江"离我家的"清江"很远很远的，是发源于利川的长江一级支流，古称夷水。因水色清明十丈，人见其清澄，故名清江。全长 423 公里，流域山明水秀，人称八百里清江画廊，美不胜收。那时候我曾想，何时能去这很远很远的清江看看？

我生活的清江浦，也曾叫过清江市，与这清江有关吗？它在里运河畔，理应叫清河才对，却叫清江，让人感觉亦如藏区人将小湖泊都叫"海"

腾龙洞

一样。当然了，我们的运河水亦清明清澄，这就够了。今天到此，则有"天下清江是一家"之感慨。地理水系或无联系，而眼前这个清江，恰恰圆了当年读《清江壮歌》时候那个少女的梦。人生如梦，半个世纪，不经意，梦想成真。

来了利川才知道，利川何止有清江。

在离城东北 6 公里处有个腾龙洞。"腾龙洞"三个大字由国务院原副总理王任重题写。

洞口高 74 米，宽 64 米，洞内最高处 235 米，长达 52.8 公里，且洞中还有 5 座山峰，10 个大厅，地下瀑布 10 余处，洞中有山，山中有洞，奇不胜收。洞中还有两个千人剧场，一个是灯光秀，演绎着腾龙洞的传说，一个是当地大型土家族民俗表演。

导游说 1988 年，25 名中外洞穴专家历时 32 天实地考察论证：腾龙洞属中国目前最大的溶洞，是世界特级洞穴之一。2005 年被评为"中国最

腾龙洞中的表演

美的地方"。都说织金归来不看洞，其实这腾龙洞的美与织金洞是不可比的，各有其美吧。

洞中景观千姿百态，神秘莫测。洞外风光山清水秀，水洞口的卧龙吞江瀑布落差二十余米，吼声如雷，气势磅礴。

所以到利川，腾龙洞很值得一去。

住处附近的街心公园里，有一棵水杉，树高35米，胸径2.4米，冠幅22米。树龄达六百余年，是地球上已知的最大、最古老的一棵水

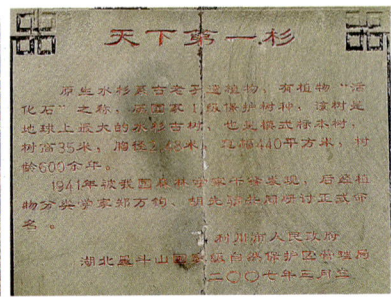

天下第一杉

杉母树，人称"水杉王"，是世界公认的植物活化石。

　　这棵水杉差不多 12 层楼房的高度，挺拔、伟岸地矗立在那儿，让人由衷地派生出一种敬仰。

　　人们一直都认为水杉在世界上早已绝迹，发现的水杉化石距今已有约六千万年至一亿年之久。直到 1941 年，国立中央大学森林系教授干铎在利川发现了这棵古稀大树，后经多位植物学、生物学专家考察、研究、鉴定，1948 年正式确定为"水杉"，这棵水杉的发现，推翻了"水杉早已灭绝"的定论。

　　据说，当年曾有一位日本植物学家远渡重洋来到利川，当他走到"水杉王"面前时，"扑通"一声跪倒在地，然后抚摸着粗糙的树干，流着泪、疯魔似的大喊大叫："我终于见到了活着的水杉啦……"可见这棵水杉在植物学家心中的地位。

这棵水杉王每年可产籽几千斤，为世界珍品，现在世界各地的水杉基本上都来自利川。

1972 年，周恩来总理将两公斤水杉种子赠给金日成，表达中朝友好情谊。

1978 年 2 月，邓小平同志赠给尼泊尔人民两棵水杉苗，并亲手种在皇家植物园，尼泊尔人民选它作"尼中友谊树"。

1972 年尼克松以美国总统身份首次访华后，把自己心爱的游艇命名为"水杉号"，以此纪念中美关系友好的开始。

水杉树成为中国与世界各国传播友谊的使者。至今，各国研究此树发表的论文、著述达 700 多篇 (部)，这棵树还培养了近 80 名博士——有近 80 人因研究水杉之王，获得博士学位。

第三届"美丽中国"大赛中，水杉王荣获"古树之冠"一等奖，真的，就为这棵水杉，也值得您到利川走上一遭。（不是广告）

利川古城还保存有大量古遗址和名胜古迹。其中大水井古建筑群落、鱼木寨都为国家重点文物保护单位。

大水井建筑群，由李氏宗祠、李氏庄园和李盖五宅院等三部分组成。始建于明末清初，是长江中下游目前规模最大、保护较好、艺术价值极高的古建筑群，总建筑面积 12000 平方米。其中宗祠的建筑模式模仿成都文殊院，祠堂依山建有石墙堞垛，上有炮眼。庄园距祠堂 150 米，有大小房间一百多间，二十多个天井，整个建筑错落有致，工艺精巧。集西方建筑与土家建筑特色于一体。电视剧《大水井风云》讲的就是这传统大宅院的传奇故事。

一个县级市居然有这么多的自然景观与人文景观，且保存完好，真值得骄傲。

利川古城

仁者乐山，茅山可乐也

手记：庚子杪春，疫情渐远。突生一种难以抑制的兴奋，想去山里走走。邀几个朋友同行，选择了不远的茅山。

茅山是我们江苏境内的重要山脉。因山势曲折，形似"已"字，故名曲山。西汉年间，陕西咸阳的茅盈、茅固、茅衷三兄弟来此修道行善，益泽世人。后人为了纪念他们的功德，遂改曲山为三茅山，简称茅山，是我国乃至世界闻名遐迩的道教圣地，有"第一福地、第八洞天"之称。

茅山的春天，比想象的还要美。道观的红墙黑瓦掩于一片郁郁葱葱、青翠欲滴的绿色植被中，有种万绿丛中那点红的迷人。沿着山道，还不时有白墙灰瓦的亭台立于路旁，稍累即可歇脚，亦可停下看看风景，有种置于世外之感。其实，我过去也曾来过茅山，只是来去匆匆。朋友推荐，说茅山的夜景更为别致，这次我们选择了夜游茅山。

茅山在夜灯的照射下，与白天的景致大为不同，美丽幽静，又多了几分神秘感。

过睹星门，拾级而上为灵官殿，殿额石上书刻"敕赐元符万宁宫"七字，门前两侧各置石狮一尊，主门上今年迎春对联还新："此身正大，见我不拜又何妨；存心邪狂，任尔烧香无点益。"说得多好，言简意明。

灵宫殿主门

其实，无论道教还是佛教，宗教多教人行善。过灵官殿，上越二十余级台阶即至碑亭，碑亭后为万寿台，古称彰台。在元符宫万寿台上建有石坊一座，南面额题石刻"三天门"。

石坊两立柱石刻楹联："仙乐彻九霄祝一人之有庆；天香招五鹄祈四海之同春。"这应是茅山现存众多道教建筑中，为数不多的最古老的建筑。拾级而上，抬眼望去，峰巅上端坐的老子巨像，更显神态慈祥、庄严、睿智且熠熠生辉。这尊塑像，高33米，用226块青铜拼接而成，重达106吨。为中国道教史上也是目前世界上最大、最高的一座露天老子神像，现已入选上海大世界吉尼斯纪录。

最令人称奇的是，在老子神像雕塑的左手指部位有一硕大无比的天然蜂窝，远远地便可看见。传说，老子神像落成以后，一群灵性的马蜂

茅山老子像

钵池山老子像

便飘然而至，在神像的左手掌心筑起了遮风避雨的窝巢。且马蜂窝巢逐年见长，蚕茧状，宛如仙丹，现竟已有一米多长。掌心那神丹般的马蜂窝巢，白天看得更清楚。

说起道教圣地，说起老子塑像，不得不说我们淮安钵池山。相传钵池山也是著名的道教圣地，唐代杜光庭的《洞天福地记》就将钵池山列为"七十二福地"之一。只是因历史变迁，现在已了无旧痕。2003年乘省第四届园艺博览会在淮安举办的东风，修建钵池山公园，著名雕塑家吴为山在钵池山公园里，以青铜浇铸、锻打而成了近18米高的老子像，背靠朱红色假石山，全身衣物的纹理如同顺势而下的山间瀑布，胸前长须及臂，足见老子"虚而不屈，动而愈出"的思维理念与"柔弱胜刚强"的思想意境。它的最大特色是中空的造型，象征着老子思想中的"虚怀若谷"，且别有创意地用小篆镌刻了《道德经》，篆书选用的是周代通行的书写字体，具有显著的时代特征。这雕塑还获得了新中国城市雕塑建设成就奖。

这两座老子塑像，一个写实，一个写意，写实交代存在根据，写意开拓了审美的想象空间，再现中国古典哲学的玄妙，各现其美。

茅山还是全国著名的六大山地抗日根据地。五万子弟踊跃参军，勋劳业绩彪炳史册，1995年建有"苏南抗战胜利纪念碑"，纪念碑宽6米，高36米，空心碑体用钢筋混凝土浇筑而成。由国防部原部长张爱萍将军题写碑名。碑前下方的广场上建陈毅、粟裕塑像。

最神奇的是，只要在纪念碑下广场上燃放鞭炮，空中便会响起嘹亮的军号声。专家研究考证，是声波振动的原因。纪念碑前的7组石阶形成了一个天然的音阶，声波在石阶上振荡发出了类似军号声的"嘀嘀嗒嘀嗒"的声音。当初纪念碑的设计者无意所为，却成就了今天的奇观，

茅山景色

不由让人感叹造化的神奇。"碑前放鞭炮，空中响军号"已成为世界一绝，2006年成功申报为上海大世界吉尼斯之最。

都道是："仁者乐山"。茅山可乐也，它取之有"道"，用之有"道"。

山中何所有？眼前无俗障，坐定后生一点慧心；足下起祥云，到此春带几分仙气。

两天的茅山之行，让我感受到融道教文化、革命文化、传统文化与生态景观于一体的茅山之魅力。

因疫情还未结束，茅山上各道观均未开放，我想，若有机会，再来茅山，听道家讲道，那又会是什么感觉呢？期待着！

杂技之乡有姜糖

> 手记：我们一行，从运河的源头白浮泉遗址出发，原计划到天津去考察杨柳青年画，可闻天津出现疫情，安全起见，我们沿着运河，直奔沧州吴桥，去感受我国杂技艺术的摇篮——吴桥之魅力。

大运河吴桥段的河道，最早开凿于三国时期，被称为平虏渠。隋代在此基础上进行人工疏浚，具有典型的"九曲十八弯"的龙形走势。京杭大运河从吴桥县境内南北穿过，约34公里长。应是北运河最美的一段。

吴桥，1954年周恩来总理亲自命名其为"杂技之乡"。

1993年，修建了吴桥杂技大世界，现已成为中国最大的表演类民俗旅游景区和世界唯一的杂技主题公园。

我们到达时已近中午，这杂技表演是铁定看不成了。正在此时，一阵阵甜丝丝的气味扑鼻而来。可能因为疫情的影响，路边许多店铺都空着，这甜味是从一家徐氏姜糖门面飘出的。

一位精干的中年人走过来，围着一个大红色的围裙，围裙上面印着的"非物质文化遗产徐氏姜糖"特别醒目。

他热情地让我们品尝各种口味的姜糖，同时滔滔不绝地给我们介绍："我们徐氏姜糖已经有上百年的历史，到我这儿已经是第五代传人了。"

清朝年间，徐家加工后的姜糖主要在集市和杂技演出场合零星销售，

1900年，八国联军入侵中国时，徐家十六世祖曾熬姜糖犒劳在天津打败洋鬼子的义和团拳民。后来经由在皇宫担任布政使通卫的族人徐肪敬献给慈禧太后和光绪皇帝品尝，而流入宫中成为盛传一时的宫中保健食品。

说起自己的姜糖，店主徐长龙话语间透着自豪。当然，更为自信自许的，则是徐氏姜糖制作仍沿用祖上老法——手工制作。

把红糖熬成糖稀，加入切碎的姜末、核桃、芝麻等再煮一段时间，把糖稀倒在石板上等待冷却。当糖稀凝固成半流质半固体的时候，再放在一个大铁钩上反复拉，直至姜糖完全变硬，再也拉不动的时候，重新放在石板上，用剪刀剪成小块状……

"说起来容易，其中熬糖的温度掌握、配料，都很有讲究，力道也是关键。"徐长龙说，"只有每个环节都到位了，才能做出脆、辣、香，且糖色鲜亮的姜糖。"

通过他的热情讲述，我们大概明白了姜糖的历史及它的制作工艺。

为什么在杂技之乡，姜糖如此出名？

姜糖，早先也叫缠糖。说起来大家都知道，姜汤可以防范风寒，可在外不方便做呀，所以姜糖成了吴桥杂技艺人们外出演出时的必备品。过去，镇上生产姜糖的作坊比比皆是。后来，由于经济体制改革、社会发展、技术要求严格等原因，姜糖作坊逐渐减少，唯有徐氏的祖父、父亲利用农闲时节，秉承传统，恪守祖辈的严格制作要求，坚持制作姜糖，在集市和公共场合出售，市场和影响力也随之不断扩大，在吴桥及周边地区赢得了"姜糖徐"的美誉。并于2009年正式注册"爽龙"商标，成了非遗，还上了央视的节目。

我品尝了各种口味的姜糖，还真不错。这种五代人的坚守，应该就

徐氏姜糖

是当下倡导的工匠精神吧，真不容易。不过，现在吃糖的人真的不多了，特别是我们这年纪的人，但大家都买了不少，也算是支持这非遗产品，回家后送送朋友，喝茶时做个茶点还是不错的。

是呀，在吴桥没欣赏到杂技，却带着大包小包的姜糖而归，也算是有所补偿了。再问同行者，发现大家都有同感，这种感觉，诗人有诗人的表达方式，随口即来。

同行的荀德麟主席即兴作七绝一首《吴桥杂技大世界演出太晚众购徐氏姜糖而归》：

壤接燕齐豪侠邦，演成杂技世无双。
一行馋客穿秋水，围购老姜徐氏糖！

周桂峰教授步韵作《过吴桥》：

吴桥杂技闻名久，鬼手几回惊梦乡。
岂料真过魂绕地，人人买得一包糖。

苗青作诗《在吴桥买徐氏五代传人姜糖》：

姜糖徐氏善推新，品种包装见精神。
那日吴桥含一颗，甜香凝暖送阳春。

我属凑热闹，戏成一首五律《吴桥尝买徐氏姜糖有感》：

徐氏有姜糖，华名传四方。
朝含身祛湿，晚吃齿留香。
制法承精艺，营销改旧章。
非遗需挚爱，古粹应昭扬。

是啊，吴桥，有杂技，这非遗徐氏姜糖，也是不简单的，各位用诗的表达，给我们吴桥之行，亦增添了许多乐趣。

徐氏育姜糖華名傳四方

朝含身祛濕晚嚼齒留香

制遵承精藝營銷改篇章

非遺需摯愛古粹應昭揚

吳橋嘗買徐氏姜糖有感

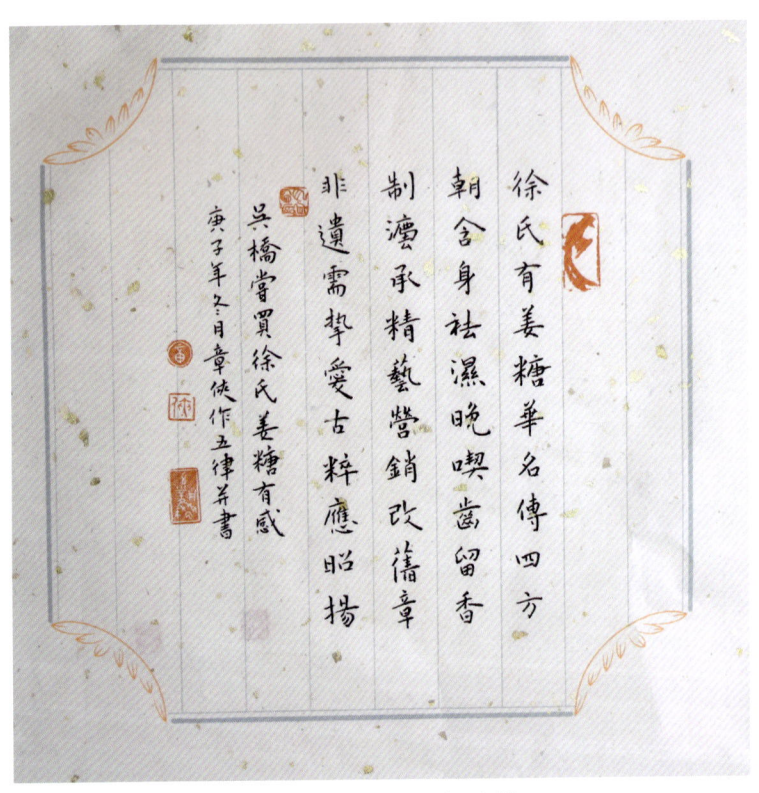

庚子年冬月章俠作五律并書

小楷作品《吴桥尝买徐氏姜糖有感》

到云南，先去博物馆

看一个城市的文化密码，就去博物馆！

到昆明，首先应去云南省博物馆。

央视《国家宝藏》栏目第二季，展示了云南省博物馆的三件国宝：聂耳小提琴、宋大理国银鎏金镶珠金翅鸟、四牛鎏金骑士铜贮贝器。

聂耳小提琴，系人民音乐家聂耳在创作《义勇军进行曲》时使用过的乐器，推介词为"黑暗中的明火""为时代发声"。

宋大理国银鎏金镶珠金翅鸟出土于大理崇圣寺千寻塔，其鸟头饰羽冠、两爪锋利，尾、身之间插有镂空火焰形背光，翅膀向内卷做欲飞状。整器鎏金，并饰有五粒水晶珠，珠光宝气、雍容华贵。现在的云南省博物馆门前，就是它的形象。

四牛鎏金骑士铜贮贝器出土于晋宁石寨山，是古滇国青铜器中的珍品。贮贝器两侧装饰有虎形耳，盖上有四只奔跑状的牛和一名骑着高头大马的骑士，器物造型生动、风格鲜明。贮贝器，就是贮藏贝壳用的青铜器，是贵族用来彰显身份和财富的高级"存钱罐"。节目播出后，它成了博物馆的"网红文物"，滇池大坝有它的放大版仿制品。

云南省博物馆

其实，说起青铜器，我们首先想到的是后母戊鼎、四羊方尊、曾侯乙编钟。这些器物，代表了中原地区的青铜文明。在云南，青铜器不像中原地区那样端庄肃穆、四平八稳，而是洋溢着一种动态的美感，极富场面感。

我最喜欢的要算出土于江川县（今江川区）李家山的战国时期的牛虎铜案，是滇国的一件祭器。它造型独特，壮硕大牛，两角飞翘；一只猛虎四爪紧抓牛身，咬住牛尾，虎视眈眈；大牛腹下立有一只憨态可掬的小牛，大牛担心小牛受到猛虎伤害，把小牛牢牢护在身下。更为巧妙的是，在牛虎铜案中，大牛颈部肌肉饱满，视觉上难免会带来"头重脚轻"的观感，但大牛尾部的猛虎恰好为其增加了稳定性，应该说，牛虎铜案在力学和美学上都达到了极高水平，几近完美。且猛虎扑牛，小牛藏在大牛身下，有动作，有情节，有平衡，让人产生无限的想象。

文物界有"北有马踏飞燕，南有牛虎铜案"之说，足见牛虎铜案的分量。当然，我喜欢它，还有一点，它是用于祭祀的，对神灵，对天地，我充满敬畏之心。

还有一件我喜欢的鸡形陶壶，1972年出土于云南元谋大墩子遗址。它是约公元前2000年，新石器时代晚期的夹砂灰陶壶。母鸡形，呈蹲踞状。器口两侧各有一枚泥泡，状似眼睛；遍体饰点线纹，象征羽毛；背部和尾部饰三行乳钉纹，作为鸡翅。构思奇巧，制作精致，造型独特。这美的，足让我们当代艺术家汗颜。

爱好书法的朋友，在这里，还可以看到被誉为"南碑瑰宝"的爨龙颜碑和爨宝子碑，爨碑字体的刀笔之力，兼隶楷之美，被誉为"如昆刀刻玉"。从端庄的布局、精深的笔力上，不难描摹爨氏威震一方的姿态。大美呀！

在美丽的湖畔，我们还参观了云南陆军讲武堂历史博物馆、中国远征军纪念馆。中国远征军，用生命保卫了中国抗日输血的大动脉，保障了中国百姓民生的生命通道。他们曾经在异域苦战，最后连遗骨都只能埋葬在异乡。历史应该记住他们，记住他们为抗战做出的牺牲。他们值得今天的我们敬仰和纪念。

我们还参观了昆明市博物馆，就在原古幢公园内。进门就是一座宽敞明亮的大厅，正中屹立着被誉为我国古代雕刻艺术珍品的宋代大理国经幢。此为昆博的镇馆之宝了。

馆内还有飞虎队纪念馆，著名的飞虎队在昆明诞生，飞虎战机第一次升空作战是在昆明，第一次击落敌机也在昆明，可以说是飞虎队的队

牛虎铜案

鸡形陶壶

爨龙颜碑

员们以鲜血和生命在昆明的上空筑起了一道空中屏障，在昆明的抗战史上写下了浓墨重彩的一笔。

同时馆内还特意为飞虎将军陈纳德与陈香梅做了专厅。观众留言："这段历史应让中小学生记住。"让我想起，钟爱华及仁慈医院。

1915年，钟爱华携新婚妻子从美国一同来到清江浦，任仁慈医院的主治医师，后为院长。他的孩子（三女一男）在清江浦出生并度过了童年与少年时期。

1929年清江浦黑热病大流行，据记载，仁慈医院仅这一年3月至6月，医院的病人就达13545人，住院的病人达736人。医院想尽办法请国外慈善机构捐助德国制锑剂，才遏止了黑热病的暴发，救了许多清江浦人。

宋代大理国经幢　　　　　　　　中国远征军纪念馆

飞虎队纪念馆

　　清江浦的这段历史，我们不应忘记。清江浦也应建个纪念馆，可让大家进一步了解这位名叫"爱华"的外国人，宣传他的美好品德和博爱精神，进而更好地研究清江浦，研究运河，为推动淮安历史文化研究的国际化，对"文化强国"战略都是大有益处的。

　　三个博物馆给我从古到今不同的思考，我们今天的所为将是明天的历史，哪些值得留给后人呢？

站在北回归线上

从昆明去西双版纳的途中，必经墨江哈尼族自治县，墨江的出名缘于北回归线穿城而过。从 1993 年开始，墨江逐步建成融天文地理、园林艺术、民族文化、观赏旅游于一体，目前世界上规模最大的北回归线标志园。从山脚到山顶依次有回归之门、超越、日月交辉、日晷计时、窥阳塔、双子星广场、天文馆、哈尼取火台等景点十五组，错落有致。

这个金黄色的螺旋塔，高 23.26 米（北回归线的纬度数），八十一级台阶可到塔顶，顶有一根铁针直指天空，取名超越。八十一级台阶代表九九归真，意为只有超越自我，才可以成就自我。据说在北回归线上自东向西穿过螺旋塔就可以"穿越时空隧道"年轻一岁。游客们争相鱼贯而过，仿佛真的可以穿越时空。

每年的夏至这一天正午时，太阳光从上

站在北回归线上

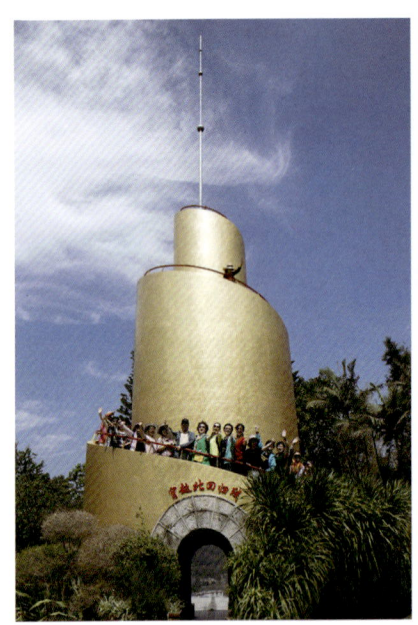

北回归线标志园

面垂直照射，在这时，所有直立物体包括人在内，瞬间都没有了影子。"立竿见影"的成语，成了一个错误。人们看到的是"立竿不见影"的天文奇观。

各个景点都有说法，足可见建造者的用心良苦。

墨江，还有个称号叫"双胞之城"。说是经过考证，墨江人生双胞胎的概率比其他城市大多了，就是因为北回归线穿城而过。墨江市也为此做足了文章，每年还有个双胞胎节。2005年，至今已连续举办了十四届，有三十多个国家、上万对双胞胎参与活动。还被上海大世界基尼斯之最认定为"参加双胞胎最多的节日"，搞得有声有色。

在双子星广场上有阴阳井，北回归线从两口井之间穿过。来到墨江想要求双胞胎的夫妻，到这里就一定要喝一喝阴阳水、睡一睡双胞床，然后还可以结一把同心锁。做完这些，能否生双胞胎，就看你的造化了。据说北回归线周边的房价已炒到四万一平方米，堪比北京城了。

其实，我国的北回归线有两千多公里长的陆地线，横贯云南、广西、广东以及台湾四省区。这四个省区其实也有其他类似墨江这样的"北回归线标志园"，但墨江这张牌打得最漂亮，成为云南旅游的打卡点。站在北回归线上，看着南来北往的游客，我想得最多的是家乡淮安。淮安没有回归线，可我们有南北地理分界线穿城而过。

2009年，市政府就利用古淮河上一座废弃老桥，启动了对南北地理分界标志园的建设，对淮安"南北分界，南船北马，九省通衢"这一重要地理位置，做了形象的诠释。

2014年，我接待了一批桂林的客人，他们提出要去看南北地理分界线，带他们去走了一遭，除了那个表示南北冷暖的大球，真的没什么收获。于是，我经过深入调研思考，认真地写了一篇提案，建议市领导要用好这城市的独特资源，并对如何做提出了五条建议：

一、请历史文化专家为标志作记，让名书家书写，刻于石，立于标志园南岸。

二、两岸种植南北分界线上的特色植物，并为其标记，做介绍，充分展示"长淮咫尺分南北"的地域特色。

三、利用球体内部空间、过道栏杆、广场四周，将古今名人相关诗词歌赋书法分布其间，充分彰显城市的地域文化魅力。

四、按规划建设南北分界线科普博物馆。

五、将标志园建成全市乃至全省、全国青少年气候科普教育基地。

领导也很重视，不知花多少钱，做了厚厚一本改造方案，煞是漂亮，让我提意见，我又认真补充了几条。当年，该提案被评为优秀提案，我也被领导点名表扬。

　　又几年过去了。前些天路过分界线，除了那大球上代表南北方冷暖色彩，经风吹日晒淡了许多，其他依然如故。朋友告知，晚上灯亮起，还是很好看的。当下，里运河文化长廊、西游记主题文化公园等新的龙头景点都在加快建设，尽快完善标志园建设应是有着多重意义的。

　　《扬子晚报》曾报道："横贯中国东西的秦岭—淮河一线被认为是中国南北方的自然分界线。"这一观点一直得到国内地理、气候等方面专家的认可。在秦岭—淮河线上，秦岭两侧多为山区县城，在淮河沿岸平原，像淮安这样的历史文化名城、这样与淮河有着深厚渊源的城市几乎没有。是啊，我们何时能将这独特的资源充分利用好呢？

淮安南北地理分界线标志

北欧自由行图记八篇

手记：我们几个大学同学都喜欢旅行，退休后，常结伴去各地游玩，且越走越远，去年去了东欧四国旅游，感觉很好。今年我们又相约去北欧四国，仍是安子、永平两位同学负责"备课"，从大的路线确定，到每一站的景点考察、住宿联系都是她俩辛苦，我和唐同学基本属于坐享其程。这次北欧行程从 2019 年 6 月 19 日至 7 月 8 日回家，共二十天。同行六人：吴永平、唐云、汪宁安与她先生画家叶昌明，我和我丈夫刘兆贵。

我们六人出发前于机场合影

世界最北的首都
——北欧自由行图记之一

2019年6月19日，我们几个老同学从上海乘飞机，在法国巴黎转机，20日当地时间下午3点，到冰岛首都雷克雅未克，当地时间比北京晚八个小时。

从地理上这里已近北极圈，应是世界最北的首都了。坐出租车到达我们此行的第一个"家"，市区的购物主街旁，散步走到海边仅需十分钟。凭密码打开信箱，拿出钥匙，开门入住，十分顺利。接着去街头超市买菜做饭，一切忙好，已是晚上9点，可太阳还老高。这正是冰岛的特点，6月日照时间近二十一个小时，几乎没有夜晚。

冰岛美景

　　清晨，我们沿着海边步道向西行，眼前宁静的水面和远处隐约的雪山相衬，伴着旭日东升，那种清新与宁静，有种梦幻的感觉。

　　海边有一座海盗船骨架雕塑，名为太阳航海者，特别酷，是雷克雅未克的重要标志。雕塑完成于1990年，作者是冰岛雕塑家阿尔纳森。这座面朝大海的雕像，体现了维京航海者们不羁的精神。据说此处正是历史上第一批维京人登陆冰岛的地点。

　　沿着步道西行到海陆交界处就是哈帕（Harpa）音乐厅，也是城市的会议中心。这是一座极富设计感的建筑，由冰岛和丹麦的设计公司

哈帕音乐厅

联合设计，据说灵感来自冰岛冬季夜晚神秘莫测的夜幕极光和火山石的形状。

站在港口看音乐厅，立体蜂巢似的大块彩色玻璃在阳光折射下美轮美奂！走进大厅，玻璃主体内部简约的线条结构也是超赞，透过玻璃隔窗远眺，海洋与山脉的开阔景致也足以令人陶醉。

2013 年，这座建筑赢得了世界上最负盛名的建筑奖项、欧洲联盟当代建筑奖——密斯·凡德罗奖。

在市中心的山丘上，是哈尔格林姆斯教堂，以冰岛著名文学家哈尔格林姆斯的名字而命名，纪念他对冰岛文学的巨大贡献。

教堂于 1940 年开始奠基，经费靠教会筹集和信徒捐助，几乎花了半个多世纪才完工。主厅高三十多米，可容纳一千两百人。这座教堂的外观从正面看上去有人说像一架管风琴，两侧阶梯对称，设计别致。可我这个数学教师，怎么看它都像正弦曲线图。

在这里，我第一次看到这么美的管风琴，也第一次听到管风琴演奏，它庞大的构造已经足够让我从内心膜拜。它发出的声音洪大，气势雄伟，音色优美、庄重，并有多样化对比、能演奏出管弦乐器的效果与丰富的和声。在演奏乐曲时，要手脚并用。乐曲在高大宽广的教堂里回荡，如天籁，亦如罗曼·罗兰所描述的，让听者"一个寒噤从头到脚，像是受了一次洗礼"。这或许也就是管风琴总与哥特式教堂同步出现的原因吧。

据说演奏管风琴要穿专门的鞋。这种鞋子的前端相对来说会尖一点，也很轻，还会有个后跟，所以，踩踏板的时候，可以帮助演奏家更加准确和便捷地演奏。

其实，这座教堂应是冰岛大自然的产物，据说设计师塞缪尔森最初

哈尔格林姆斯教堂　　　　　　　　　教堂里的管风琴

的设计理念也只是希望，让神的教堂更有本地特色，所以他以在冰岛常见的柱状玄武岩的形状加入艺术家的思想来设计成型。

　　沿着购物主街东行，一个不显眼的门面，是世界唯一的"阴茎博物馆"，里头藏有来自九十几种的生物的生殖器标本，有近三百件之多！这座博物馆是历史学家哈特森（Sigurður Hjartarson）于1997年创办，目前是他儿子接手管理。

　　最引人注目的就是馆内这个最大的"成年抹香鲸生殖器"，长达一百七十厘米，重达七十公斤，光是生殖器已经是一个成人男子的身高体重啦！直到2011年，馆内才收藏到第一件人类的生殖器官，是一位

中国驻冰岛大使馆

九十五岁冰岛人艾拉森（Pall Arason）所捐出。联合国还发了证，以资鼓励。真是大千世界，无奇不有。

　　再往东走不远，就是中国驻冰岛的大使馆，中冰于1971年建交的。在这地球最北的首都看见中国字，看见国徽，我感到十分亲切。我还想拍张国旗飘扬的照片，可去了三次，都没见着，很是遗憾。

　　我们在世界最北的首都雷克雅未克住了三天。说逛街，是因为这里出门基本只须步行。随便走在哪条街道上，不同的房屋、色彩、涂鸦、街头小雕塑，都是那么接地气，让人赏心悦目，心里暖暖的。

　　再见，雷克雅未克，明天我们继续前行。

冰岛的黄金圈
——北欧自由行图记之二

黄金圈是每个到访冰岛的人最不容错过的行程。黄金圈于冰岛，就好比去巴黎要看埃菲尔铁塔，来中国要登长城一样。

黄金圈由三大景点组成：辛格维利尔国家公园（议会旧址）、黄金瀑布和间歇喷泉。三个景点各具特色，别具魅力，相互之间距离很近，是冰岛旅游的精华线路。

辛格维利尔国家公园有两大特点，一是这里是北美板块和亚欧大陆板块的分界线，有奇特的自然景观——大裂谷，两大板块的落差有十多米。站在这里，双脚可以横跨欧美板块。且现在这裂缝仍以每年两厘米的速度分离。

我与丈夫在冰岛

二是在大裂谷旁边的平原上（矗立旗杆标志处）。公元930年，冰岛早期移民在此处举行第一次全国"人民代表大会"，成立了世界上最早的由民主方式选举出来的议会和第

辛格维利尔国家公园

一部冰岛宪法，比英国议会的出现早了三百年。可以说，这里是西方国家议会政治发源地，也是西方民主的摇篮。

　　三十多万人口的冰岛居然是西方议会文明的发源地，让当地人十分骄傲的是在2004年，辛格维利尔国家公园被联合国教科文组织列入"世界文化和自然双重遗产名录"。

　　我们几人在会议旧址上流连久久，在法律石上留影——浮想联翩。站在亚欧板块的岩石上极目远眺，翠绿的草地，弯弯的水泊洼，非常幽静漂亮。

　　黄金瀑布。冰雪融化的洪流，河流从三十二米的高处飞流直下，分为两级，沿着大裂谷奔流而去，水流湍急，场面十分壮观，据说在阳光照耀下，看似金黄色，故得名。如果在一场大雨后，还会看到大大的彩虹横跨在瀑布上。我们到时，是阴天，这两大美景都没见着，不过仅观其气势也足够了。

瀑布旁边立了一块碑，是位女性的头像浮雕。在20世纪30年代，当地政府看中了这处瀑布，准备将这里的资源卖给国外投资者，在此建水电站。住在附近的一位平民妇女知道了这事，她认为这样会破坏自然景观，即将政府告上了法庭。结果，官司打赢了，为后人留下了这片蔚为壮观的瀑布。为了纪念她，人们在瀑布旁为她立碑纪念。

头像浮雕

我很敬仰这位我不知姓名的女性，不畏权势，坚持自己的观点，并能通过正确的途径去努力，真的是我们女性的骄傲。

冰岛的间歇喷泉，在世界上很是著名。远远看去，大大小小的泉眼，此起彼伏地喷出热气，十分壮观。最吸引人的是一直径有十八米之宽，据说深有一米多，泉水的温度高达一百摄氏度以上的间歇喷泉。二十分

间歇喷泉

间歇喷泉喷发

钟左右会喷一次，每次喷发会持续一分多钟，人们可以从喷口看到整个喷发过程，尤其是喷发前那孕育过程，蓝绿色碗状沸水由小变大，隆隆作响，渐渐地，响声越来越大，紧扣着大家的心，有点像生孩子的过程，要经历大大小小多次"阵痛"，随后，一声巨响，中间的水柱变成蒸气直冲空中约二十米高处，冲天而出，又随即化作琼珠碎玉落下，十分有趣。

当然，最让我震撼的还是冰河湖。冰河湖是由冰川融化的水汇聚而成的，我们先在湖边感受着冰河的壮阔，湖水湛蓝、清澈，接着又乘坐水陆两用船，行进在冰河湖上，欣赏着形态各异的浮冰。船在水流的冲击下或高或低地漂浮，随船的讲解员抱着一块浮冰，动情地讲述着，虽然我听不懂她在讲什么，但从她的神情可感受到她对冰河的深情。最后，她又将浮冰小心敲碎，分给大家感受与品尝。洁净甘甜、冰凉润滑的感觉直冲心扉，这可是几千年前的纯净天然水呀。

随着冰川不断地消融，冰河湖的规模也在逐年扩大，印证着全球变暖的残酷现实，据说如此下去，约三百年后冰山可全部融化为河流，其实这是很无奈的现实。

冰河湖

冰岛的第二个家

  我们在冰岛的第二个家是在教堂城的一处农家。

  真的很美，是与雷克雅未克不一样的美，不高的小木屋，屋外一处不大的木踏，可坐上晒太阳，聊天，四周一片葱绿，只有远处的红白相间的教堂，十分醒目。院中还有一片不大的老树林，在阳光的照耀下树影婆娑，草木散发着清香，天地间寂寞无声得像在世外。我真佩服负责"备课"的汪同学，不知是从哪儿找到这地方的。

  再放目，除了几处木屋，不见一人，只有家对面这三匹马与我们相伴。

  这小马，一直紧跟着妈妈，不愿离开。

  这种清新、寂静的美，让人犹在世外。早上外出散步时，与马儿交流，它们竟然发出一种好听的声音回应我们，似在欢迎我们几位远道而来的朋友。顺便在路边采点蒲公英，又是一味美食。

  我们与"马家"为邻，两天，给我们留下了极为美好的回忆。

瀑布·沙滩·温泉
——北欧自由行图记之三

冰岛的瀑布很多，沿途大大小小的瀑布随时映入眼帘，我们重点看了两个。

一个是斯科加瀑布。它的特点是可沿着瀑布旁的石阶直接到达顶端，在瀑布的源头看瀑布，还可俯瞰草原农庄、远眺海岸线。

还有塞里雅兰瀑布。它的独特之处是在悬崖底部的瀑布后面有一条小径可以穿行，走到瀑布的背后，欣赏瀑布从悬崖飞流而下，顿时化作一片美丽璀璨的水帘。若阳光照在水帘上，金灿灿的水流和周围的美景融合在一起，真的不是一般的美。

冰岛的沙滩也很多，且大都是黑沙滩。最出名的应数维克镇的黑沙滩，1991年的美国《群岛》杂志曾将它评为世界上十个

农田和花海

玄武岩石墙

塞尔雅兰瀑布

在沙滩合影

最美丽的海滩之一。它的一面是色彩鲜艳的村庄、农田和花海，另一面为黑白灰的海面与蓝天，反差极大。

　　黑沙滩，一阵白浪打来，留下一灰色的印迹，在阳光下还泛出银光。那种美，我用语言真不知如何描述。

　　最为神奇的是沙滩上还立着一座玄武岩石墙，大块岩石成棱柱形排列成风琴状，乍看还以为是人工刻凿和拼接而成，其实它是岩浆遇海水冷却凝固过程中收缩而成的，是数百万年的岁月留下的鲜明烙印，大自然的鬼斧神工。据说这种棱角分明的柱状玄武岩给了建筑师无限的灵感，例如雷克雅未克的哈尔格林姆斯大教堂及艺术馆的设计都是受其启发。艺术来源于生活，艺术来源于自然，这绝不是一句空话。

冰岛美景

在去往沙滩的途中，几处都醒目地写着两个大大的汉字——"危险"。说是不久前，一位中国游客在此游玩时，不慎被海浪卷走，所以这里特用中文写了这两个字。

冰岛算不上是个开放国度，在冰岛一周，只看到三处中文（大使馆门前、街上有个上海酒店，还有这两个字）。这两个字的代价也太大了。

冰岛三十万人，每年游客的接待量是二百多万，它的每个景点都不收费，也没有大量的管理人员，属保护区域，拉根绳子，请游客自觉遵守。

像我们一路看到的苔原，一眼望不到边。长满苔藓的岩石如波浪高低起伏，远看好似一块深浅不一的绿色绒布，让人真想用手去触摸感受一下。然而司机绝不会随便停车让你近距离欣赏的，只有指定的那几个点，在绳拉出的小径上，方可尽兴观察。这些苔藓可是经过上千年生长才形成，十分美丽又十分脆弱，说是占了冰岛国土的四分之一。冰岛人对自然的尊重与保护意识，已成自觉行为。

在冰岛的第三个家安在机场小镇。在这里住下，当然，首先它临近机场，还有个重要原因，这里紧靠世界著名的地热温泉：蓝湖。

蓝湖的形成十分特别，地下水经过高热火山熔岩层，吸收热量而形成，湖水呈现幽幽的蓝色，又因为池底的白色温泉泥，就如同将牛奶注入蓝池中。水温约三十七至三十九摄氏度，水中含有许多化学与矿物结晶。医学证明它对纾解精神压力具有一定的疗效，对许多皮肤病亦有疗效。湖底白颜色的湖底泥，涂在脸上，还有养颜润肤等疗效，人们称蓝湖是个"天然美容院"。我们奢侈地在蓝湖温泉享受了大半天。

冰岛一周，换住三地。也只有机场小镇 14 号，得与房主相处，房主是一个很干净、很热情的中年女性。临行，想在留言簿上留言，估计房主也不认识中国字，同行的叶画家随手画了个大拇指，直观明了。落

冰岛的第三个家

款写上：中国江苏蒲公英团六人行。

以蒲公英名义留言。这一路，我们几乎将这随处可见、又肥又大、北欧人无视的蒲公英发挥到极致，冷炝、做汤、小炒，怎样做都是美食，美美地滋养着我们的中国胃。还有，蒲公英生长过程是那么谦卑，沟边路旁，有点土即可，入药、做菜，浑身是宝，特别是蒲公英的种子，带着梦想，希望，随风飘扬，与我们几人的个性十分相像。真为我们的团名叫好，遂作七绝以赞：

    随风携梦向天涯，白絮盈盈气自华。
    不与百花论旧韵，逍遥任意觅心霞。

回后，小楷写出并跋："己亥初夏，老同学相约北欧行，一路屋旁院中无人问津的蒲公英成了最爱，炝炒做汤，滋养着我们的中国胃，留言即以蒲公英名义，余作七绝以记。"

在冰岛的一周，给我印象极佳。在流行全球一体化的当下，冰岛在许多方面执着地保留自己的传统血脉，比如语言、文学，比如建筑风格，比如马群和羊群的常见，比如没有在景区用几种文字去介绍，等等。我很欣赏这种执着，虽然在某些方面可能不入主流，但会在一些重要方面始终保持自我。

再见冰岛。接着我们将去挪威。

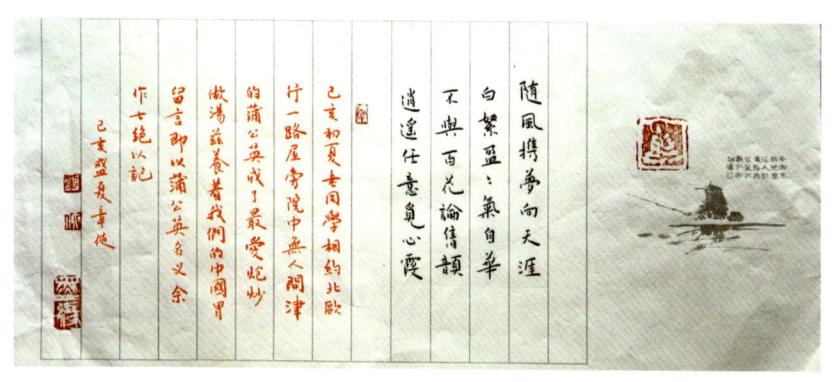

小楷作品《随风携梦向天涯》

从卑尔根到弗洛姆小镇
——北欧自由行图记之四

上午 10 点 30 分从冰岛机场起飞，两小时的行程，居然兼有两小时时差。当地时间 14 点 30 分到达挪威的第二大城市——卑尔根——挪威西海岸最大最美的港都。

打的直奔我们的"家"——半山腰上那座红色小楼。站在窗口、阳台就可看城市全景，欣赏美丽港湾。

卑尔根，最为有名的就是北岸的吕根木屋群。

隔着海湾看这些木房子很有味道。红黄蓝混杂在一起，与港口蔚蓝的海水相映成趣。

这是一栋栋红黄白相间的精巧建筑，其风格独特，色彩缤纷。最典型的是三角形的锥状屋顶，洋溢着童话般的风格。溯源历史，木屋群曾被大火烧毁过，即使现

在卑尔根

卑尔根风景

在所看到的已经够老——1702年大火后按原样重建的。1979年被联合国教科文组织列为世界文化遗产。

当地人喜欢与世界各地的游客待在一起，在木屋前喝酒、聊天，闹中取静。

这些木屋或许就是卑尔根的"城市发展史书"。过去一直以为，西方城市能感受到历史，是因为它们的建筑材料多为石头。而我们的建筑多为木质，看着这些有历史感的木屋，我感觉这真不是材质问题，而是理念上的差异。想想我们淮安市的东大街、越河街、牛行街……那些青砖小瓦木地板的四合院，那一条条青石条铺成的巷道，都随着城市的发

易卜生塑像

展消失了，我们这代人多少还是有记忆的，恐怕再后来者，唯有借有限的图文表述而回望清江浦了。

路边还展示着一枚第一次世界大战时的水雷。底座雕塑似在诉说战争对人类的伤害。

港口南部则是现代化的购物街、国家大剧院。"现代戏剧之父"易卜生首部当代现实主义戏剧《社会支柱》曾在这里首演。他笔下的《玩偶之家》《人民公敌》等剧本成为世界各国戏剧舞台上的经典作品。剧院前的绿地上立着易卜生的塑像。简洁的线条，引发我无限的遐想。当年曾读过他的作品，突破传统戏剧在剧情高潮中解决问题的老套路，如《玩偶之家》结尾——娜拉出走之后向何处去？大大的问号，激发观众去思考。因此他被称为"伟大的问号"。我也与大师合了个影，想着要沾点他写作的灵气。也希望我这些没有套路的图记，除了备忘，也给自己和读者以更多的思考。

晨起，想去弗罗伊恩山（Fløyen）顶俯瞰卑尔根。介绍说可乘小火车到山顶，可问题是在哪儿上车呢？不知道。没办法，先出门，谁知真的在转角处就见惊喜：细看数十步外一木屋，竟是小火车停站口，只是门锁着。正愁思这火车几时能来，一列火车鸣叫而至。司机开了站口门，帮我们用信用卡买票顺利上车，我们真是有福之人，愉悦的心情，与一路山景共美。

弗罗伊恩山

    我啰啰唆唆地叙述着这过程，只是想记下自己的一点体会：有了目标，行动才会实现；关在屋里，思考得再周全，或许也是空想。

    山坡上竖着一个大齿轮，是小火车用过换下的，写清使用的年代，放在山顶，这应是它最好的归宿。

    最吸引人的是顶上这一片山林，像是从维京时代就没有被动过的感觉。潮湿的空气，树木上多长满了苔，落叶形成的松软的泥土，踩在脚下充满弹性，偌大的树林里，只有我们几人，那感觉真的像是穿越进了自然纪录片。

    因为受北大西洋暖流影响而生的暖风，使卑尔根成为多雨的地区。说卑尔根有个笑话，有个游客问当地一名男孩何时会雨停，男孩答："不知道，我才十二岁。"但我们在的这几天都是晴天。晴天的卑尔根，清新的空气里，飘着淡淡的海腥味，彩色木屋色彩更艳，虽说它是挪威的一座大都市，却更有着小镇的魅力和风情。

    从码头登上游轮，在海上看卑尔根，更美。沿着挪威最长最深最美的松恩峡湾，我们去下一站——弗洛姆小镇。

    峡湾两岸是挪威最原始的景色：白云、蓝天、青山、绿树，还有掩映其间的如积木般的小房子。站在船头的甲板上，享受着凉爽的天气，

弗洛姆小镇

清新的空气；享受着大海脉脉的温情；享受着蓝天、白云；享受着海水的湛蓝，山峦的翠绿；享受这里的宁静、恬静、寂静以及心底的沉静。

峡湾的形成必须具备几个条件：靠海，有山，能形成冰川。挪威很幸运，几百万年前在冰川的剥蚀下形成峡谷，后来海水涌进形成了美丽的峡湾。它与长江三峡一样雄伟，一样美丽。三峡是在江两岸，峡湾是在海两岸。峡湾两岸被冰河切割成千奇百怪的山形，景观颇为震撼，上天对挪威人真的很眷顾。

沿着峡湾直至弗洛姆小镇的港口靠岸，小镇三面环山，一面临水，灵山秀水，景色很好。旅游杂志列出一生中必去十个小镇就有挪威的弗洛姆。

我们的新家，绿色草地上，一座红白相间的二层木屋。房前是草坪、山峦，能听见瀑布的哗哗水声，屋后也是大片的草坪，远处可见雪山，及山坡上星星点点的彩色木屋。室内的设施仍是木质为主，踩着老木梯上下楼，有回到旧时光的感觉。

小镇常住人口很少，只有约四百人，而每年游客接待量居然超过一百万。

弗洛姆高山小火车

只因为闻名世界的高山观光火车的起点在这个小镇。

弗洛姆高山小火车被誉为世界三大观光火车之一。从弗洛姆到米达尔，长二十公里，是全世界普通火车轨道坡度最为陡峭的火车旅程。

弗洛姆小镇地处山谷，海拔只有两米。而终点的小镇米达尔（Myrdal）海拔却有八百八十六米，一路还有着无数的急弯和陡坡。透过列车车窗，你可以尽情地欣赏山涧小溪、峡湾还有绝壁，奇景迭出。这里也有着峡谷、瀑布、山地、农庄的自然美景。

当然最为壮观的，是廖安内弗森瀑布，倾泻而下的水流撞击悬崖发出雷鸣般的响声，溅起的水雾，一如李白诗句"飞湍瀑流争喧豗，砯崖转石万壑雷"；更有那如火一般的"山妖"，在激昂的音乐中不停舞动，摄人心魄。

有一条曲曲弯弯的山路是当年铁路工人的上下山之路，可见当年修这条铁路时的艰巨。铁路用了二十年时间才完工，被称为挪威国铁路史上的绝构，为此，在弗洛姆小镇特建博物馆以纪念。

画中行走皆诗意，约得清风醉夕阳。到达米达尔火车站后，我们将换乘火车，五个小时后将到达挪威首都奥斯陆，不知还会有什么不一样的惊喜与感动在前方等着我们，十分期待。

火车沿途风景

奥斯陆的艺术享受
——北欧自由行图记之五

一路风景，很快到了奥斯陆。时针指向下午 7 点，谷歌带路，"家"已在眼前。

因整个城市濒临迂回曲折的奥斯陆峡湾，随便一住即为海景房。

"家"与奥斯陆歌剧院相邻。白色大理石和蓝色玻璃幕墙装点的歌剧院，远看如冰海中的一块巨大浮冰。独特的设计，使其成为奥斯陆的地标建筑，可与悉尼歌剧院媲美。玻璃外墙是太阳能发电板，可供整栋建筑用电。有创意的是其地面与屋顶连为一体，可以直接沿着斜面走上屋顶欣赏美丽的峡湾和城市景色。这也是全球唯一一座可让观众站在屋顶上的歌剧院。

大厅内部，设计以丰富的线条和平面为主，尽显简约美观。让人感受到一股北欧风——保持了一种低调又尽显奢华的气质。

在奥斯陆

维格兰雕塑公园

歌剧院前方是辽阔的海湾，傍晚时分，夕阳晚照，银光闪闪，顿添一抹灵动优美的情调。海上漂浮着一座雕塑，是由玻璃与废弃的保险柜砌成的，与大剧院相映，如冰川里漂浮的小冰块。

北岸有一个集会场所，是用木条搭起的，顶部装饰就是收集来的旧衣服，也很别致。

海边天天有众多人来此晒太阳，这艺术创新思维真的令人赞叹。哪个大师说过，事业是干出来的，艺术是闲出来的。放在奥斯陆，太有道理了。

维格兰雕塑公园在奥斯陆最为出名。这是世界上唯一一座以生命为主题的人物雕像公园，也是唯一一座由一个人的雕塑艺术作品形成的公园。

维格兰雕塑公园，即由雕塑家名字命名。

一条长达 850 米的中轴线，生命之桥、生命之泉、生命之柱、生命之能四大主题，近千个人物雕像，都在轴线周边展开。

生命之桥两边是 58 座青铜雕像，最出名的竟是名为"愤怒的男孩"的雕像，他气急败坏的神态，激起人们内心多少母爱。

生命之泉四壁是青铜浮雕，浮雕从婴儿出世开始雕起，经过童年、少年、青年、壮年、老年，直到死亡，反映了人生的全过程。

生命之柱高达 17 米，上有 121 个不同姿态的男女老少的裸体浮雕，周边还有 38 座花岗岩人物石雕，表现了人之生命与生死的活动镜像。

生命之轮由四个成年人、三个儿童联结缠绕成一个空心环。这青铜雕像之轮，似乎是想告诉人们，人类生命的一代代轮回，人与人之间的相互依存是极为重要的。

挪威国家美术馆

与《呐喊》合影

真的令人惊叹，或可称之为"人生旅途公园"。

我们还去了挪威国家美术馆，相信 99% 的游客会来这里，就是冲着一幅作品：蒙克的《呐喊》，创作于 1893 年，这里收藏的是第一版，也是流传最广的版本。第三版 2012 年还拍卖了 1.19 亿美元。

在这里还看到了曹白的鲁迅木刻，上有鲁迅题字：曹白刻。1935 年夏天，全国木刻展览会在上海举行，作品先由市里审查，"老爷"就指着这张木刻说："这不行！"剔去了。这情节在《鲁迅文集》里有记。

我有些不解，这作品怎么会在挪威美术馆呢？

奥斯陆市政厅位于海港码头后面，是一座类似古代城堡的建筑，四周雕塑都是建设者形象，免费对观众开放。

整个大厅面积为 1500 平方米，可容纳上千人。四周墙上的壁画，向人们展示了挪威的历史、文化以及挪威人的工作和生活，被人们称为"挪威历史教科书"。

我们来到这里时，已是下午 3 点 30 分，是最后一批客人。一位"阿

奥斯陆市政厅

拉上海宁"负责接待，很热情，讲得也很详细。

一年中，这大厅中最少有三次大的集会。每年的12月10日，市政厅会举行诺贝尔和平奖的颁奖仪式，挪威王室和首相都会出席，场面甚为隆重。另外，每年国庆5月17日，这里会有学生们聚会，市长在此给优秀学生颁奖。每年的圣诞节，大厅为流浪汉们开放，他们可到市政厅大厅来欢度圣诞。

让我们感动的是，虽到了下班时间，热心的上海老乡还没介绍完，其他工作人员在门口耐心等待，并无一丝的腻烦，反倒让我们过意不去了。

离市政厅不远，是诺贝尔和平中心——展现与诺贝尔和平奖有关的历史与人物故事。诺贝尔和平奖为何要放在挪威来颁发？当地人说，因为挪威有诺贝尔热爱的挪威伟大作家易卜生。是啊，文学艺术的魅力真大呀。

街两侧满是百年以上的建筑，造型别致，风格各异。不经意就是个雕塑，且内容形式让你想不到，幽默诙谐居多。

偶遇一座卖酒的小木屋，背景居然是中国明朝风俗画。这两个江湖体"对弈"也蛮可爱的，看来小屋的主人非常热爱中国文化哦！

说实话，在奥斯陆的几天，我沉浸在欣赏艺术之中，有点被电到的感觉，得慢慢消化。

这次在挪威旅游，卑尔根（峡湾游轮）——弗洛姆（山地火车）——奥斯陆，是典型的挪威游黄金线路。感谢汪同学的"备课"。

在挪威一周，感觉什么都好，就是物价太高，钱包快空了，赶紧收拾行李走人。下一站：瑞典，斯德哥尔摩。

瑞典最记市政厅
—— 北欧自由行图记之六

一切顺利，中午 12 点出头到达首都斯德哥尔摩后，地铁 + 轨道车找到新"家"，简单安置后，我们六人组一路逍遥，去码头买到芬兰的游轮票。好不容易找到码头卖票处，大门却锁着。

细问才晓得，这卖票处一周内只有周五下午 2 点至 5 点上班（晕，还有这样的单位）。一般都是网上售票，负责"备课"的汪同学肠子都悔青了。几个老文盲流落街头，人地两生，好无助。我们只好随便找个店面进去，在长椅上，各人翻弄手机，将所能用的资源都翻个遍。最后唐同学找到同事家在美国的孩子，帮我们在挪威订了两天后的飞机票，总算解决了问题，而我想在游轮上拍海上日落与日出的美梦，则跟着碎了一地。

不过，这也正是"自由行"的魅力所在，不时有出乎意

在斯德哥尔摩

摄影博物馆

料的问题砸过来，办法又总比问题多。

  更有趣的是，我们随便进的那个门面，居然是个摄影博物馆。当时我还奇怪，这里怎么这么多有关摄影的书——这也是上天对我的奖赏，若买到票，也走不到这里了。有时人生的得失真的是天注定呵！

  瑞典给我印象最深的是市政厅，从 1901 年开始，每年 12 月 10 日诺贝尔奖颁发后，要在市政厅举行晚宴。所以每个来瑞典的人，市政厅为必打卡地。这让市政厅火了，趁势做起了生意，购票入内。票价约人民币九十六元（这就不如挪威奥斯陆市政厅大气了），不过这市政厅亦如艺术厅，还是值这个票钱的。

检票后首先进入蓝厅。

这是一个内庭院式大厅,与市政厅整组建筑的外庭院相呼应。据说设计师原本是想在红砖墙外铺上瑞典国旗中蓝色的马赛克,可当他看到红砖本色而质朴的美丽后,毅然放弃了原先的设想——于是乎名叫蓝厅,实为红厅。

每年12月10日下午,在瑞典皇家音乐厅的诺奖颁奖仪式结束后,下午5点30分来到蓝厅,获奖者在蓝厅有个简短的演讲,然后举行规模盛大,规格极高的晚宴。想着莫言、屠呦呦都曾在蓝厅做演讲,在蓝厅为他们举办过盛大晚宴,咱们几个嘛,多少还是有点小自豪的。

二楼议会大厅,与欧美国家大多数议会的会议厅没什么大的区别,代表人民利益的议员会定期在这里研究国计民生。每名议员们的座位是固定的。大部分议员是兼职,因此议会的会议通常在下午4点以后才召开。两边还

瑞典市政厅

有旁听席，只要你有兴趣，都可以来旁听议员们开会。

设计师在屋顶上画出日月星辰，以表示议会所探讨的话题，没有什么见不得光的。

最吸引人的要数金碧辉煌的"金厅"。

金厅纵深二十多米，四壁绘满了大型壁画。这也是每年举办诺贝尔奖舞会的地方，能容下三四百对舞者同时起舞。当然，平时只要你愿意付费，也可包厅。

金厅正中的壁画描绘的是斯德哥尔摩的守护神——梅拉伦湖女神。女神端坐中央，脚下有两组人物从左右两边走向她，左边是亚洲人，右边是欧洲人，其中还有一位穿着清代服饰的中国人。也不知这位中国人是谁，有说是康有为呢。

梅拉伦湖女神

斯德哥尔摩皇宫

　　离市政厅不远就是瑞典国立博物馆。博物馆与美术馆合二为一，也是值得一看的。

　　当然，环境最优美的地方要数斯德哥尔摩皇宫。这座建于17世纪的城堡不仅是瑞典当今保存最完好的皇家宫殿，也是全欧洲宫廷建筑中尤具代表性的一座，它具备了法国凡尔赛宫和俄罗斯夏宫的风光特点，是瑞典第一个被列入世界文化遗产名录的风景点。

斯德哥尔摩的地铁

斯德哥尔摩皇宫面朝梅拉伦湖，在蓝天白云下，随着波光摇曳，荡漾着一片安详与静谧。背面是个典型的法式皇家园林，方方正正的格局，草坪和灌木丛整齐划一，周边则是更茂密的森林。

哦，还有斯德哥尔摩的地铁也值得一提。与"以舟代步"的威尼斯不同，斯德哥尔摩的地下铁路穿过海底，四通八达，是当地的主要交通工具。中心站分上中下三层，各层可同时上下乘客。

斯德哥尔摩一百多个地铁站内，可以欣赏到各式风格的绘画、壁画、雕塑，其艺术表现手法百花齐放，被誉称为"世界最长的地下艺术长廊"。当然，我感觉最重要的是它充分利用岩石洞壁板块原状，既省钱又省事。

自1809年以来，瑞典一直没有卷入各种战争之中。在两次世界大战中，因瑞典宣布为中立国，居民过着平静安宁的生活，斯德哥尔摩因此被人们称为"和平的城市"。

即便如此，诺贝尔偏偏将"和平奖"放到挪威去颁发，在我看来，倒是觉得有点遗憾的，最多将"文学奖"给挪威了——这是说笑哦！

下一站，朝着回家的方向去芬兰，离家越来越近了。一晃似的，已出来十七天了，说实话，真有点想家了。

包容让城市更亮丽
——北欧自由行图记之七

经过九十多分钟的飞行，飞机准时落地在芬兰首都赫尔辛基的万塔机场，坐机场巴士半小时，即到市中心的终点站，跟着"谷歌"步行二十分钟后到"家"，这时方是中午12点。然望门难进，钥匙密码要在下午3点才开始生效，无奈，在一幢看上去是写字楼的大厅内，留下两个"安保"看行李，我们其他四人去逛街。

在赫尔辛基逛街是件幸福的事，街道宽阔，美丽洁净，街心或路边时有鲜花点缀，时不时可见苍翠的树木和如茵的草坪。所进店面服务态度超好，你尽管只看不买，绝不会给你脸色看，店面布置超艺术，让人十分享受，还不时有打折给你惊喜。

赫尔辛基名气最大的应是三座各具特色的教堂：岩石教堂、白教堂和红教堂。

岩石教堂在我们"家"北面不远处，它是利用位于住宅街的岩石高地建造而成的，这也是世界上唯一一座建在岩石中的教堂。远远看去如同着陆的飞碟一般。

岩石教堂　　　　　　　　　　　　　　　　　　白教堂

　　教堂的入口，像是一条隧道，进入里面，可见它的顶部为圆形，由一百条放射状的红铜梁柱支撑，再镶上透明玻璃，自然采光。位于教堂中央一侧的圣坛，呈现出极为简单而庄重的气氛。教堂内的管风琴说是北欧最大的。我们去时，没活动，正在试音，即便是一个个单音通过岩石壁发出的回声，已近天籁，若是演奏，可以想象将是何等动人。平时大都作音乐厅在使用，导游说，1995年，江泽民主席在岩石教堂用管风琴即兴弹奏过《黄水谣》。

　　白教堂位于市中心的参议院广场（在我们住地东十分钟路程），是赫尔辛基第一大教堂，这是一座路德派教堂，结构精美，气宇非凡。除了淡绿色的拱形穹顶之外，整座建筑通体洁白，因而也被芬兰人称作"白教堂"。每年赫尔辛基大学的神学院都会在白教堂举行传统而又隆重的毕业典礼。这里还是芬兰受欢迎的婚礼场所，新人们一般须提前半年预约。同学安子担心，在这半年里，海誓山盟是否也会斗转星移呢？我笑她有点杞人忧天。

　　在教堂前是一座大广场，广场中央有俄罗斯帝国时代统治芬兰的亚历山大二世铜像。在这里，偶遇了十来个"同志"摆弄各种姿态拍照。

白教堂前的"同志"

　　我好奇地跟着拍，他们倒也大方自如，毫不羞涩。拍完照，换上自己的衣服，尽兴而去。整个过程有序且熟练，像是常态。

　　与北欧大多数国家一样，芬兰人对"同志"抱有足够的开放、包容之心。在 2002 年，芬兰议会就通过法案，承认同性注册伴侣关系，并享有与异性伴侣相似的责任与权利。"彩虹旗"就是同性恋的标志。

　　又见一群"超人"的崇拜者，簇拥着超人演员拍照，完后各散。

乌斯别斯基大教堂

按自己想要的生活方式生活，只要不危害社会，就各取所便，各自幸福。毕竟在全社会，大多数人还是崇尚英雄的，像我们看到这些帅气的海军小伙子，合个影，大家都开心，多好。

在白教堂的不远处，就是乌斯别斯基大教堂，俗称红教堂。据说是北欧最大的东正教教堂，也是赫尔辛基最迷人的俄罗斯式建筑。教堂延续了俄罗斯拜占庭式风格，建筑有十三个金色"洋葱头"，分别代表基督和十二门徒。这浓浓的俄罗斯风味，可是俄罗斯帝国在芬兰所留下的文化遗迹。

我们去时，里面正在做弥撒，我们便只在外面转转，拍拍照。

红教堂再向前，就是芬兰国家博物馆。外形像座古城堡，很有历史的厚重感。进门首先看到的竟是一摄影展。展出的都是巨幅照片，主题与环境有相关，可能是叫《失去的家园》，颇为震撼。

赫尔辛基街景

说实话，我们因对芬兰的历史没研究，再加上不识字，在博物馆也只是看热闹吧。

有一组木雕我也喜欢，特别是手捧厚书在沉思的那位姑娘。还有一组铜浮雕，历史悠久，艺术水准很高呵。

过街，就是南码头，也是这座城市最热闹的地方，这里的大集市，各种瓜果花卉，各种小商品、工艺品一应俱全，定有一样你喜欢。再向前，在海边走走，带着海腥味的风景感觉是不一样的舒适。

在赫尔辛基，我们感受到一个多元的城市，开放和包容在街头时有体现，不管是小众，还是经典，都是那么和谐且巧妙地融合在一起，形成城市的一道道亮丽的风景。

北欧行的这最后一站，给我的感觉极美。

享受属于自己的风景
——北欧自由行图记之八

我喜欢安子同学的一句话："旅游中刻意去找的是完成任务（打卡），随处偶遇的才是属于自己的风景。"

想想这一路，我遇到的风景都与朋友们分享了，只剩下最后回家途中芬兰赫尔辛基万塔机场及中转俄罗斯国际机场的偶遇，特集成篇，继续分享给大家。

其实，机场应是一个国家或一个城市的脸面，往往，一见钟情即由此产生。亦如我刚到冰岛机场，就被它的厕所标志所吸引，多有趣的图标。墙上的大壁画很有特色，让我立即喜欢上了这个国家，当然住了一周，发现它比我想的还可爱。

好了，不扯远，看芬兰机场。1998年被国际航运协会IATA评为世界最佳机场。查一下这最佳的条件：按旅客对机场设施的满意程度而

排名。主要为餐厅店铺舒适与否、提取行李情况、支援服务及礼貌、保安等，亦如我们提出的 101% 服务理念。

运河一抹霞

当然，我喜欢的还有雅致的店面与不急不躁的旅客。还有这里终于看到了中文广告，银联卡也受欢迎了。

俄罗斯机场的风格与芬兰大为不同，色彩鲜艳，每个店铺都想尽可能多地展示商品。人特多，在此"扫街"乐趣无穷。

我在此享受着属于自己的独特风景，真美！

这一路，有点恍惚，好像一直生活在白天，只在俄罗斯的飞机上看到了星空。此处虽云乐，不如早还家。到家是近晚上7点多，还是觉得家乡的晚霞最美。

跋

五年前，我同几个朋友一起做了个名为"清江浦人家"的微信公众平台。从开始日发一篇稿，到后来的每天两篇。渐渐地，平台聚集了一批热爱家乡、热爱生活、热爱写作的文友。我也经常会写点文字，与大家交流。一晃五年多了，有朋友提议，不妨将文章归归类，出个集子。一拍即合，于是就这样忙开了。

我将这几年在平台及各种媒体上发表的文字整理出来，去粗厘细，分四个部分。一曰"岁月清浅"，是我在运河边行走的光阴里，藏匿于日常细微处的美好记录；二曰"灯火可亲"，是对家的眷恋，对亲友的感恩与上苍的馈赠之感念；三曰"笔记春秋"，记录着我生活的小城，容易被忘却但值得沉淀和记忆的人与事；四曰"远行自在"，记录从运河出发，远行他乡异国，追寻一片云、一棵树、一方山水的诗意与自在。行文的制式颇杂，有随笔，有日记，有对往事的回忆，甚至有年终小结，都是些带着烟火气的平凡琐事。我还将平时所积累的摄影、书法、诗词作品融入，力求给文字增加点色彩。这种不囿传统、没有套路的编排，只想更立体、多维、饱满地表达我对生活的无限热爱与独特感悟。

每一篇章的辑名，我特用小楷书之；引图选自我近些年拍摄的风景照。风景中的人物亦为突出篇章的主题。比如第三幅篇章像，摄于我家附近的钵池山公园，那可是雕塑名家吴为山的杰作。那年冬天，雪刚停我即出门，生怕老子的"白胡须"化了。图名为"天问"，紧扣着第三篇章的人与事。

　　书名来自我写过的一篇散文《运河一抹霞》，用散淡、清逸的王宠体小楷书写，自我感觉与内容还挺搭的。

　　说实话，这些年，年年都忙着做书，从2015年开始几乎没停下，主持编纂了《清江浦画传》《王瑶卿画传》《大闸口画传》《清江浦的女儿》《清江浦老字号》。这几本书的共同特点是图文并茂地表现了清江浦相关的历史文化。每本书做得都是那么辛苦，战战兢兢，生怕会漏掉什么重要内容，生怕哪一处表达不到位，特别是一些老图的收集，太不易。今年这本书相对来讲，做得比较轻松。选哪些文章，如何分篇章，插些什么图，想怎么做就怎么做。朋友建议，你可找个名人写个序。思来想去，还是作罢，也不是专业作家，实在不好意思麻烦别人。就这样子吧，自己的田地自己耕。

　　十分感谢一犁、司马、陈建洪老师，还有我大嫂刘泉对书中文字的修正与润色，感谢李玉波博士设计与编排，感谢朋友们的鼓励与帮助，感谢养育滋润我的运河水。愿生活亦如这落入运河的霞晖，在泛起的香槟色玫瑰碎片里，每一片都带着热爱，带着温馨，摇曳着岁月，沉淀着美好。

章侠

2024年5月

图书在版编目（CIP）数据

运河一抹霞 / 章侠著. -- 西安：太白文艺出版社，2025. 1. -- ISBN 978-7-5513-2633-9

Ⅰ. I267

中国国家版本馆CIP数据核字第2024YM8578号

运河一抹霞
YUNHE YI MO XIA

作　　者	章　侠
责任编辑	曹　甜　关　珊
封面题字	章　侠
装帧设计	李玉波
出版发行	太白文艺出版社
经　　销	新华书店
印　　刷	文畅阁印刷有限公司
开　　本	889mm×1194mm　1/32
字　　数	210千字
印　　张	8.875
版　　次	2025年1月第1版
印　　次	2025年1月第1次印刷
书　　号	ISBN 978-7-5513-2633-9
定　　价	98.00元

版权所有　翻印必究
如有印装质量问题，可寄出版社印制部调换
联系电话：029-81206800
出版社地址：西安市曲江新区登高路1388号（邮编：710061）
营销中心电话：029-87277748　029-87217872